奥得弗雷德·普鲁士勒（1923—2013）

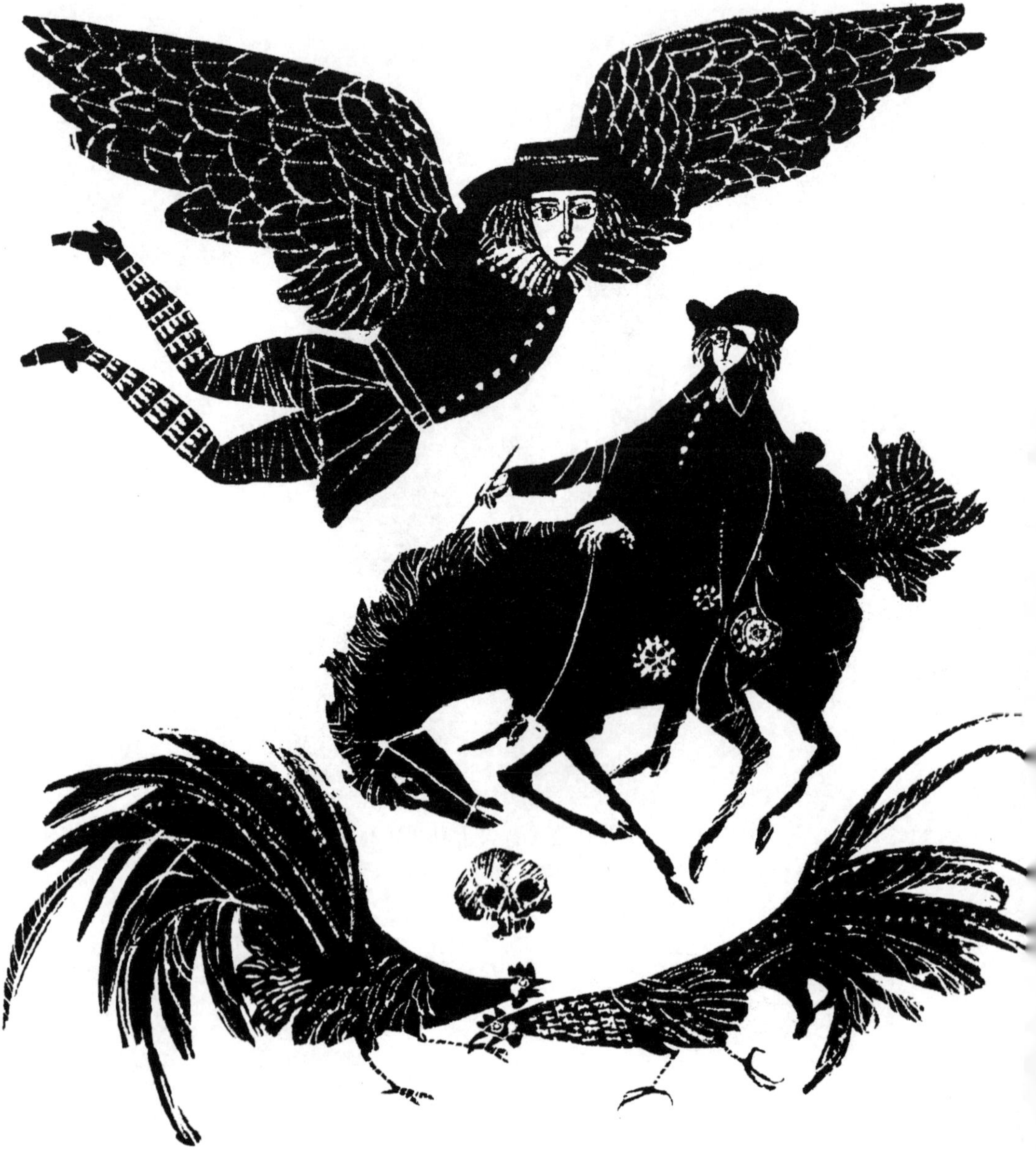

磨坊
KRABAT
之心

[德]奥得弗雷德·普鲁士勒 著
何珊 译

二十一世纪出版社集团

图书在版编目（CIP）数据

磨坊之心 /（德）奥得弗雷德·普鲁士勒著；何珊译. -- 南昌：二十一世纪出版社集团，2025.6.（彩乌鸦成长书系）. -- ISBN 978-7-5568-9207-5

Ⅰ．I516.84

中国国家版本馆 CIP 数据核字第 202563DG13 号

Krabat
by Prof. Otfried Preußler
lllustrations by Herbert Holzing
© 1980 by Thienemann in Thienemann-Esslinger Verlag GmbH, Stuttgart.
Rights have been negotiated through Chapter Three Culture
版权合同登记号　14-1998-41

磨坊之心（原名：鬼磨坊） MOFANG ZHI XIN

[德]奥得弗雷德·普鲁士勒 / 著　何　珊 / 译

出 版 人	刘凯军
责任编辑	刘晨露子　孙睿昤
出版发行	二十一世纪出版社集团
	（江西省南昌市子安路 75 号　　330025）
网　　址	www.21cccc.com
印　　刷	南昌市红星印刷有限公司
开　　本	889 mm×1340 mm　1/32
印　　张	9.25
字　　数	182 千字
版　　次	2025 年 6 月第 1 版
印　　次	2025 年 6 月第 1 次印刷
书　　号	ISBN 978-7-5568-9207-5
定　　价	30.00 元

赣版权登字 -04-2025-292　　版权所有，侵权必究

购买本社图书，如有问题请联系我们：扫描封底二维码进入官方服务号。
服务电话：0791-86512056（工作时间可拨打）；服务邮箱：21sjcbs@21cccc.com。

奥得弗雷德·普鲁士勒小传

二战后出生的德国人，而今都已是爷爷奶奶级的人了。然而，只要你问一问他们青少年时代最爱读谁的书，他们会异口同声地说："奥得弗雷德·普鲁士勒！"

奥得弗雷德·普鲁士勒（Otfried Preuβler），1923年10月20日出生于苏台德地区的伊塞尔山区。1953年大学毕业以后在慕尼黑担任教师，后在罗森海姆任中学校长。自20世纪50年代以来，陆续发表轰动文坛的作品，如《小水精》《小女巫》《小幽灵》等。他最著名的作品，当数《大盗贼》和《磨坊之心》。这两部作品，是幻想文学的样板之作，它们写出的少年英雄，既早熟又幼稚，使读者感到可亲可敬；书中的故事云谲波诡，充满奇思妙想，令读者不忍释卷。这些书影响了一代又一代人，也给作者带来了数不尽的荣誉。他两次获得德国政府颁发的十字勋章，几乎荣获欧洲（尤其是德国）所有的青少年文学大奖。其作品被译成三十余种文字，在许多国家或地区出版。

如今，你去到德国各地的书店，问一问售货员老一辈作家中谁的书卖得最好，他会指着《大盗贼》和《磨坊之心》等在书架上最显眼的书说："奥得弗雷德·普鲁士勒！"

目 录

第一年

科泽尔布鲁赫的磨坊　001
十一个与一个　008
难受的滋味　014
梦中大逃亡　020
头插羽毛的人　026
横杆上的乌鸦　034
秘密兄弟会的标记　040
记住，我是你师傅　050
卡门茨的牛贩子　060
军乐齐鸣　070
怀念师兄　082
没有牧师，也没有十字架　088

第二年

磨坊行规　098
暖冬　106
万岁，奥古斯都！　114

复活节的烛光里 123

"尖帽子"逸事 133

卖马 143

葡萄酒和水 153

斗鸡 165

空棺材 174

―――― 第三年 ――――

黑人之王 184

飞越 192

逃跑 201

秧苗上的雪 208

我是克拉巴特 216

与世隔绝 223

意外的特权 232

艰辛的劳作 240

苏丹的雄鹰 248

秀发指环 259

师傅的提议 268

最终的较量 276

第一年

科泽尔布鲁赫的磨坊

故事发生在元旦至一月六日的三王来朝节期间。十四岁的克拉巴特跟另外两个索布族的小叫花子正在一起行乞。当时，在萨克森选帝侯统治的地区，乞讨和流浪是明令禁止的（不过，所幸法官和其他官员对相关法令并未锱铢必较）。三个流浪儿扮成"三王"，在霍耶斯韦达一带沿村乞讨，在破帽檐外围个草环，就算是头顶"王冠"了。从马克多夫来的小乞丐罗波施扮成"黑人之王"，每天一早起来，他就在脸上擦满黑炭，得意扬扬地举着一根长杆走在前面，克拉巴特还在那根杆的顶端钉了一颗伯利恒之星。

每到一户人家，他们就会将罗波施拥在中间，然后放声高唱："和散那归于大卫的子孙！"不过，克拉巴特只是默默地动动嘴，做做样子，因为他正处在变声期。这样一来，另外两个就不得不扯起嗓子，弥补音量的不足了。

新年之际，许多农户都宰了猪。他们慷慨地拿出大量的香肠和熏板肉，馈赠给这三位"来自东方的王"。有些人家还会拿出苹果、胡桃、李子干、蜂蜜面包。运气好的时候，流浪儿们甚至还能得到些奶酪点心、茴香饼和肉桂饼之类的。"新年开张真不错！"到了第三天晚上，罗波施乐呵呵地说，"真盼着这好日子可以一直持续到年底！"另外的两位"王"也矜持地点了点头，齐声感叹道："谁说不是呢！"

第四天，他们在彼得斯海恩一家铁匠铺的柴草棚里过夜。就在这天的夜里，克拉巴特第一次做了一个古怪的梦。

十一只乌鸦蹲在一根横杆上打量着他。他发现，最左端的那个位子是空着的。接着，他听到一个嘶哑的声音，远远地唤着他的名字，这声音仿佛来自虚空，令他心惊胆战，不敢应声。"克拉巴特！"声音又一次传来——接着，是第三声："克拉巴特！"然后那声音说："到施瓦尔茨科尔姆的磨坊来吧！这对你没坏处！"这时，只见那群乌鸦纷纷从横杆飞起，呱呱叫道："听从师傅的召唤，服从他吧！"

梦到这里，克拉巴特惊醒了。"真是什么都能搅到梦里去！"他回味了一下刚才的怪梦，翻个身，又沉沉睡去了。第二天，他跟小伙伴们一道继续游荡，每当想起梦中的乌鸦，都禁不住暗自发笑。

然而，一模一样的情形在第二天夜里再一次出现在他的梦中。那个叫着他名字的声音又出现了。那群乌鸦又呱呱叫喊：

"听从他的召唤吧!"这不由得引起了克拉巴特的深思。第二天早上,他找投宿的那家农夫打听,有没有听说过一个叫施瓦尔茨科尔姆的村子,或者类似名字的地方。

过了好一会儿,那农夫才依稀记起这个名字:"施瓦尔茨科尔姆……哦,我想起来了。在霍耶斯韦达森林那一带,通往莱佩的大路旁,是有这么一个村子。"

接下来的那天,这三位"国王"是在大帕尔特维茨过的夜。在这里,克拉巴特也同样梦到了乌鸦和那个依稀从虚空飘来的声音,跟第一夜和第二夜的梦境一模一样。于是,他决定听从这个声音的召唤。黎明时分,趁着两个小伙伴还在熟睡,克拉巴特蹑手蹑脚地溜出谷仓。在场院门口,他遇到一位正准备去打井水的姑娘,连忙拜托她:"麻烦你转告那两个人,我有要紧事,必须先走了。"

克拉巴特一个村子挨着一个村子打听。此时,风雪交加,雪花不停地扑打着他的脸蛋,他走不了几步,就不得不停下来擦眼睛。他在霍耶斯韦达森林里还迷了路,花了整整两个小时才又找到了通往莱佩的大路。就这样,到了傍晚时分,他才到达目的地。

施瓦尔茨科尔姆与其他荒原上的村落并无二致:道路两旁是一栋栋房子和谷仓,如今它们都半陷在厚厚的积雪里。屋顶飘着缕缕炊烟,地上可以看到一堆堆冒着热气的牛粪。村子里时不时冒出"哞——哞——"的牛叫声,夏日鸭子戏水的池塘里,此刻传来滑冰的孩子们喧闹嬉戏的声音。

克拉巴特四处张望,但连磨坊的影子都没看到。这时,一位背着大捆柴火的老人正从大路上走来,克拉巴特连忙上前打听。

"我们村哪有什么磨坊!"克拉巴特得到的却是这样的答复。

"那邻村呢?"

"假如你非要说那是个磨坊的话……"老人用拇指往身后指了指,"在科泽尔布鲁赫的后边,黑水河旁,倒有这么一个。可是……"说着,他停下了话头,好像觉得自己说得太多了。

克拉巴特谢过老人,朝他指的方向继续走去。刚走了没几步,克拉巴特就觉得有人扯住了他的衣袖,回头一看,发现还是刚才那个背柴火的老人。

"有什么事吗?"克拉巴特问。

老人靠前一步,面带惧色地小声说道:"我得提醒你,小伙子。别去科泽尔布鲁赫,也别靠近黑水河旁边的磨坊,那地方挺邪乎的……"

克拉巴特犹豫了片刻,还是撇下老人,径直往前,走出了村子。天色很快暗下来了,他得时刻当心,才不至于迷路。天气很冷,他冻得直哆嗦。他时不时回头张望自己刚离开的村子，依稀还能看见那里的点点灯火。

转身回去是不是更聪明的做法？

"哎，管他呢！"克拉巴特嘟囔道，随手把衣领往上抻了抻，"我又不是个毛孩子，去看看怕什么！"

克拉巴特像盲人一样，在森林的迷雾中摸索着，跌跌撞撞往前走，后来，他误打误撞地找到了一个方向。当他正准备从树下走出来时，头顶的云突然散开了，清冷的月光洒下来，一切变得清晰可见。

就在这个时候，克拉巴特看见了那座磨坊。

他眼前的磨坊陷在深深的积雪里，显得神秘而又危险，犹如一头正在伺机捕获猎物的巨大而凶狠的野兽。

"又没谁非逼着我去那里……"克拉巴特有些犹豫，但他很快就赶走了这个胆小的念头，鼓起勇气从树影底下走出来，大胆朝磨坊走去。磨坊的门关着，他走上前去，抬手敲门。

克拉巴特敲了一次，又敲了第二次，可是里面什么动静也没有。听不到狗吠，听不到楼梯嘎嘎作响，也没有钥匙串发出的叮当声——一丝声息都没有。接着克拉巴特第三次使劲敲了敲门，敲得手指关节都疼了。

磨坊里依旧一片沉寂，他试着按了一下门把手：门开了，原来门根本就没上锁。克拉巴特一步跨进走廊。

迎面而来的是死一般的寂静和无边的黑暗。可在最里边，在走廊的尽头，似乎有一丝微弱的灯光在忽明忽暗地闪烁着。

"有灯光的地方就会有人。"克拉巴特心中暗想。

他伸出双手，在黑暗中摸索着继续往前走去，隐约可以看到一丝光亮。他走近一看，光线是从门缝里透出来的，一扇大门横在面前，隔断了走廊。在好奇心的驱使下，克拉巴特踮起脚走到门前，透过门缝往里张望。

目光所及是一间幽暗的房子，里面只点了一根蜡烛。蜡烛是红色的，粘在一个骷髅头上。骷髅头摆放在房间中央的桌子上，桌子后面坐着一个穿着黑衣的粗壮汉子。此人面色苍白，脸上像抹了一层石灰，左眼上蒙着黑色的眼罩。他面前摆放着一本厚厚的书，那书是用皮子装订的，用一条链子拴在桌上，那人正在埋头看书。

不一会儿，那汉子抬起头，直直地凝视着前面，好像发现了门缝后面的克拉巴特。这目光令克拉巴特十分难受，很快，他那只透过门缝窥视的眼睛开始发痒、流泪，房间里的景象也模糊起来。

克拉巴特揉了揉眼睛——这时，一只冰冷的手压在了他的肩头，透过衬衣和外套他依然能感觉到彻骨的寒意。与此同时，他听到一个沙哑的声音用索布语说道：

"你还是来了呀！"

克拉巴特吓了一跳——这声音他熟悉！当他转过身时，那个戴着眼罩的人就站在他面前。

他怎么眨眼间就过来了呢？无论如何他是不可能从门缝里钻过来的呀！

那人手持蜡烛，默默地打量着克拉巴特，然后扬起下巴说道：

"我是这里的师傅，你可以跟着我当学徒，我正好需要一个，你愿意吧？"

"我愿意。"克拉巴特听见了自己的回答，可声音听起来很陌生，好像根本不是他发出来的。

"那我该教你些什么呢？磨坊手艺——还是其他的？"

"其他的我也想学。"克拉巴特说道。

磨坊师傅向他伸出左手，说道："一言为定！"

就在他们握手的瞬间，房屋里突然发出一阵雷鸣般的轰隆声。那声音好像是从地底深处传来的。地在摇，墙在晃，梁柱在震颤。

克拉巴特吓得尖叫起来，拔腿就跑。离开，赶快离开这里！——可是师傅却挡住了他的去路。

"磨坊！"师傅在嘴边用双手做成喇叭状，高声喊道，"又开工了！"

十一个与一个

师傅示意克拉巴特跟自己走。他一言不发地用烛光照亮一座又陡又窄的木楼梯,他们沿着楼梯朝阁楼上走去。阁楼是磨坊伙计们睡觉的地方,借着蜡烛的微光,克拉巴特看见阁楼的中间有一条过道,过道两边分别摆着六张低矮的木床,床上铺着草褥子,每张床旁都有一个窄小的杉木柜子和一张凳子。皱巴巴的被窝乱糟糟地堆在草褥子上。过道里除了几张东倒西歪的凳子,还到处乱扔着衬衣和包脚布。

看情形,伙计们是临时被人叫起来,匆匆忙忙赶去干活儿的。

只有一张床看上去没人动过。师傅指了指床尾的那包铺盖卷说:"这些归你了!"说完,他转身走了,灯光也随之越来越远。

黑暗中只剩下克拉巴特孤零零一个人了。慢慢地,他开始脱去身上的衣物。当他摘下帽子时,指尖碰到了帽檐边的草环,不由暗自感叹:"唉,是呀,昨天我还是'三王'的一分子呢——可现在想起来就像上辈子的事了。"

不一会儿，阁楼里也开始回荡起从磨坊传来的巨响。幸运的是，克拉巴特早就累昏了，一沾床，便呼呼睡去。他睡得死沉死沉的，像块木头——直到一缕光亮将他照醒。

克拉巴特吓了一跳，猛地翻身坐起，两眼直勾勾地盯着四周。

在他的床边，围着十一个白色的身影，他们正借着马灯的光亮低头打量着他。这十一个人，个个面色苍白，双手白森森的。

"你们是什么人？"克拉巴特怯生生地问道。

"是你很快也将成为的那种人。"其中一个"幽灵"答道。

"不过，我们不会把你怎么着的。"另一个"幽灵"接着说，"我们是这磨坊里的伙计。"

"你们一共十一个？"

"你是第十二个。你叫什么名字？"

"克拉巴特——你呢？"

"我叫佟达，是这里的领班伙计。这是米切尔，这是麦尔腾，那是尤洛……"佟达挨个儿介绍他们的名字，很快，他意识到今天介绍的已经够多了，"再睡会儿吧，克拉巴特，待在这个磨坊里，需要力气的时候多着呢。"

伙计们爬上木板床，最后一个上床的人吹灭了灯。来不及互道晚安，他们就已经鼾声如雷了。

第二天吃早饭的时候,伙计们都聚集到雇工间。十二个人围坐在一张长木桌旁。早餐的燕麦粥油很多,四人分食一盆。克拉巴特实在饿坏了,连忙扑过去狼吞虎咽起来。他心中暗想,要是午餐和晚餐也能像早餐这样,那在这磨坊待下去倒也不错。

领班佟达是这里最年长的伙计,他身材魁梧,虽然浓密的头发已经灰白,可他的脸看起来至多不会超过三十岁。他身上透着一股严肃劲儿,或者更准确地说,这股严肃劲儿是从他眼睛里流露出来的。克拉巴特从第一天起,就信任他。佟达沉着镇定,和蔼友善,克拉巴特很快对他产生了好感。

"我们昨天夜里没有吓到你吧?"佟达转过身来问克拉巴特。

"还好啦。"克拉巴特回答说。

克拉巴特在日光下仔细打量着身边这些幽灵一般的人,觉得他们与常人并无二致。那十一个人都说索布语,比克拉巴特年长几岁。从他们投向自己的眼神中,克拉巴特隐隐约约能看到一丝怜悯,他有些诧异,但也没有多想。

让他多想的是床尾的那堆旧衣物,它们虽然是别人穿过的,可非常合身,就像是为他量身定做的。他问伙计们,这些东西是打哪儿来的,从前谁穿过。可他这些问题刚刚说出口,大伙儿就都放下手中的勺子,不无悲悯地看着他。

"我说什么蠢话了吗?"克拉巴特连忙问。

"没有，没有。"佟达说道，"这些东西嘛……其实是你前任留下的。"

"我的前任？"克拉巴特问，"他为什么不在这儿啦？是出师了吗？"

"是的，他——学出师了。"佟达说。

就在这当儿，门突然被推开了，师傅走进来，一副怒气冲冲的样子。伙计们见状连忙都不吭声了，一个个埋头吃饭。"别在这儿瞎扯了！"他大声吼道，然后盯着克拉巴特恶狠狠地补充说，"问得越多，错得越多——给我把这句话重复一遍！"

"问得越多，错得越多……"

"你给我把这句话记牢！"

说完，师傅离开了雇工间，随着嘭的一声，大门在他身后锁上了。

伙计们又纷纷低头吃饭，但克拉巴特却突然觉得饱了。他不知所措地盯着桌面，再也没有人理会他。这到底是怎么回事呢？

当他抬头时，佟达正朝他看过来，并冲他点了点头。虽然佟达这个友善的举动几乎不为人所察觉，但克拉巴特还是对他心存感激。他觉得，在这个磨坊里能有一个朋友是件好事。

吃完早饭，伙计们纷纷起身去干活儿，克拉巴特也跟他们一起离开了雇工间。师傅站在走廊里，向他招了招手说："跟我来吧！"于是，克拉巴特跟着他一道出了门。外面阳光普照，没有一丝风,空气清冷,树上挂满了白霜。

师傅领着他绕到磨坊的后面,那边的墙上有一道门。师傅将门打开,然后他们一道走了进去。这是一间面粉房,低矮的房间虽然有两个小窗子,但却被四处飘飞的粉尘遮挡住了,什么也看不清。到处都是粉尘,地板上,墙壁上,就连挂在房顶的橡木秤杆上也布满一寸半厚的粉尘。

"你把这里打扫干净!"师傅吩咐道。他指了指门旁的扫帚,然后撇下克拉巴特,独自走了。

克拉巴特马上动手开始干活儿,可他还没扫几下呢,整个人就被粉尘罩住了。

"这样可不行。"他想,"我好不容易扫到后面,前面又会落满粉尘。我得打开一扇窗子……"

可是,窗户从外面钉住了,房门也插上了。无论他怎么用力摇晃和捶打,都无济于事——他被关在里面了。

克拉巴特开始出汗。很快,淋漓的汗水糊住了他的头发,粘住了他的睫毛。他不停地擦鼻子,挠脖子。然而,这一切就像一场噩梦,一场无休无止的噩梦。无处不在的粉尘,像迷雾、像纷飞的大雪般飘飘扬扬,始终像浓浓的烟霭笼罩着他,无论如何都挥之不去。

克拉巴特感觉喘不上气来,一头撞到了大秤杆上,只觉得一阵天旋地转。该不该就此罢手呢?

可若是现在就将扫帚丢到一边不干了,师傅会说什么呢?克拉巴特不想得罪他,再说自己也舍不得这里的好食物。于是,他只得强迫自己继续打扫,从前面扫到后面,再从后面扫到前面,一刻不停地扫,扫了一个小时又一个小时。

不知过了多久,终于有人过来开门了,来的人是佟达。

"出来吧!"佟达喊道,"该吃午饭了!"

没等佟达叫第二遍,克拉巴特便跌跌撞撞冲了出来,拼命呼吸着新鲜空气。佟达朝面粉房里瞥了一眼,然后耸耸肩解释道:

"别介意,克拉巴特。一开始,谁也不会有好日子过的。"

接着,他嘟囔了几句含糊不清的话,并用手在空中写了些什么。这时,只见屋子里的粉尘又一下子全都飘浮起来,就像突然起了一阵风,把犄角旮旯的所有粉尘一股脑儿吹了出来,然后,这些粉尘像一缕白色的烟,夺门而出——它们从克拉巴特的头顶掠过,飘向远处的森林。

面粉间一下子被扫得空空的,干干净净,干净得连一粒粉尘都没剩下。在一旁的克拉巴特看得目瞪口呆。

"这是怎么做到的?"他问。

佟达没有理会他,只是说:"咱们到前面的屋子里去吧,克拉巴特,要不汤该凉啦!"

难受的滋味

克拉巴特的苦日子开始了。师傅面冷心狠，不停地给他分派各种累活儿："你又躲到哪儿去了？克拉巴特，这里有几袋麦子，赶紧扛到仓库里去！"一会儿喊："克拉巴特，过来！去把谷仓的粮食翻翻，要兜底翻，别让谷子发了芽！"一会儿又喊："你昨天筛的面粉里面净是麦壳，晚饭后再好好筛筛，要是还有一丁点儿壳子，你就别睡了！"

日复一日，科泽尔布鲁赫的磨坊从不停歇，从清晨到黄昏。只有礼拜五的傍晚提前两小时收工，礼拜六的早晨推迟两小时开工。

如果不用扛粮入库或筛面粉，克拉巴特就得劈柴、扫雪、挑水、刷马或者清除牛粪——总之，他有着干不完的活儿。到了夜晚，当他瘫倒在草褥子上时，早已筋疲力尽，腰疼得像散了架似的，肩膀上的皮也磨破了，四肢酸疼得要命，他都快扛不住了。

克拉巴特很佩服其他伙计，磨坊繁重的体力活儿对他们来说似乎不在话下，没人觉得累，也无人抱怨，干活儿时更是见不到有人挥汗如雨，气喘吁吁。

一天清晨，克拉巴特奉命清理通向水井的通道——头天夜里下了一整夜的雪，大路小径都被大风扬起的积雪盖住了。克拉巴特咬紧牙关硬挺着，每扬一次铁锹，腰骶部都会感到一阵刺骨的疼痛。就在这时，佟达朝他这边走了过来，等到确认旁边没有别人后，他把手伸出来搭在克拉巴特的肩上。

"别停下，继续干，克拉巴特……"

刹那间，克拉巴特全身仿佛被注入了一股新的力量，所有的疼痛也随之烟消云散。他紧握铁锹，要不是佟达正按着他的肩膀，他真想鼓足干劲，大干一场。

"可别让师傅察觉到有什么异常，也千万别让吕施科知道。"佟达叮嘱他。

吕施科是个竹竿一样的瘦高个儿，鹰钩鼻子，总爱斜眼瞥人。打见到他的第一天起，克拉巴特就不喜欢他。这是一个包打听、善钻营的人，成天鬼鬼祟祟的，有他在眼前晃着，谁都休想得到片刻的安宁。

"听你的。"克拉巴特说。当他再扬锹铲雪时，他做出一副非常吃力的样子。不一会儿，吕施科就过来了，像是碰巧路过的样子。

"我说，克拉巴特，这活儿的滋味怎么样啊？"

"能怎么样啊！"克拉巴特嘟囔道，"你去尝一口狗屎，就会知道这是什么滋味了。"

从此，佟达会时不时来看克拉巴特，悄悄把手放到他肩上。每当此时，克拉巴特就会感到有一股新的力量注入他的身体里。再繁重的体力活儿，也会有一阵子干得十分轻松。

师傅和吕施科一直没有看出什么异常，其他伙计也没有察觉。米切尔和麦尔腾没有发现，这对表兄弟都体壮如熊，心地善良。爱打趣的麻子安德鲁施，以及外号"公牛"的汉佐似乎也没察觉，汉佐这家伙长着牛一般粗壮的脖子和粗硬的短发。就连收工后靠做勺子打发时间的培塔尔，以及号称"万事通"的斯塔施科都不知情，别看斯塔施科像黄鼠狼一样精明，像小猴一样机灵——就跟克拉巴特几年前在科尼西斯瓦尔塔的年集上看到过的那只猴子一样。还有基托，他成天愁眉苦脸到处晃悠，好像胃里塞着一磅鞋钉。闷葫芦库柏更是什么都没说过，而傻瓜尤洛自然是毫无察觉。

尤洛五短身材，扁平的圆脸上长满雀斑。虽然除了佟达，他是这里干得最久的伙计，却做不了磨坊工。爱打趣的安德鲁施常常讥笑他："这家伙太笨，连面粉和麸皮都分不清。"若不是应了那句老话"傻人有傻福"，他恐怕早就该失足掉进磨机里，被两片巨大的石磨盘碾得粉碎了。

尤洛对这些话早就习以为常了，任凭安德鲁施讥笑。即使基托为了一点儿鸡毛蒜皮的小事威胁要揍他，他也总是低着头，不做反抗。伙计们常常一起作弄他，他也总是逆来顺受，做出一副"你们爱怎么样就怎么样，反正我知道我是傻瓜尤洛"的样子。

但是家务活儿他却很拿手，再说这些活儿总得有人干，尤洛代劳，大伙儿自然乐意。做饭、洗碗、烤面包、生炉子、拖地板、擦楼梯、掸灰尘、洗衣熨衣，所有这些厨房和屋子里的杂活儿都归他。此外，他还要养鸡、养鹅、喂猪。

克拉巴特始终没有弄清楚，尤洛到底是怎么完成这一系列繁杂家务的。可在其他伙计眼里，这一切是那么地理所当然，师傅更是把尤洛当成牲口一般对待，克拉巴特很为他抱不平。有一次，克拉巴特给厨房送柴火时，尤洛感激地往他的上衣口袋里塞了一个香肠头——尤洛已经不是第一次这样做了。克拉巴特跟尤洛攀谈起来，直截了当地提到了尤洛受的不公平待遇。

"我真搞不懂，你为什么对一切都逆来顺受。"

"你是说我吗？"尤洛吃惊地问。

"是呀，当然是说你！"克拉巴特说，"师傅虐待你，这真是岂有此理，就连伙计们也嘲弄你。"

"可佟达没有。"尤洛反驳道，"你也没有笑话我。"

"那又怎么样？"克拉巴特反问，"换作是我，早就不忍了。我会反抗，明白吗？我决不容忍别人这样对我——基托休想，安德鲁施休想，谁都休想！"

"嗯嗯，"尤洛一边挠着脖子，一边说道，"你也许可以，克拉巴特，你可能做得到……可像我这样的傻瓜，该怎么办呢？"

"可以走呀！"克拉巴特大声说，"离开这里——去找一个更好的地方！"

"离开？"此刻的尤洛看起来根本不傻，只是显得有些绝望和疲惫，"想从这里跑出去？克拉巴特，那你倒跑跑试试呀！"

"可我没有理由跑呀！"

"是没有。"尤洛嘟囔道，"眼下当然没有——但愿你永远不会有……"

说着，他又往克拉巴特另一只口袋里塞了一块面包。克拉巴特正想道谢，尤洛连忙一边使眼色，一边把克拉巴特往门外推，脸上又露出了大家早就习以为常的傻笑。

克拉巴特一直把香肠头和面包留到了当天晚上。晚饭后不久，大家都在雇工间休息。培塔尔拿出刻木头的工具，其他人在闲聊些八卦，打发时间。克拉巴特悄悄溜了出来，上了阁楼。他一边打着哈欠，一边躺倒在草褥子上，开始悄悄享用尤洛给他的面包和香肠。这时，他不由自主地想到了尤洛，想起他们在厨房的那一席对话。

"逃走？"这个念头在他脑海里闪过，"为什么呢？活儿太重？这不假。这里干的可不是什么轻松好受的活计，要是没有佟达暗中相助，我的处境会惨很多。可这里伙食不错，量也管够。而且自己总算有了栖身之所，早晨起来再也不用担心晚上到哪儿能寻个落脚的地方。这里的床铺温暖、干燥，也还算软和，没有臭虫，也没有跳蚤。这一切难道不比一个小叫花子做梦都想要的还多吗？"

梦中大逃亡

克拉巴特曾经有过一次逃跑的经历。那是在他父母双双死于天花的第二年。教区的牧师把他接走了，牧师说，他收留克拉巴特的目的是避免这孩子日后变成个放荡堕落的二流子。再说，牧师夫妇也一直希望养个孩子。可是，克拉巴特是在欧特里希一间牧人草棚里长大的，自幼生活在低矮脏乱的茅棚里，突然要适应牧师家的生活谈何容易。他必须从早到晚都当乖宝贝，不许骂人，不准打架。衬衣要白白的，脖子要干干净净的，头发要梳得妥妥帖帖的。不能光脚，手要洗净，指甲要剪得整整齐齐——不仅如此，每天还要说德语，而且是标准的高地德语！

克拉巴特曾经努力去适应牧师家的生活，坚持了一个礼拜又一个礼拜，最后还是忍不住逃走了，不久就跟小叫花子混到了一起。照此看来，他也不可能永远留在科泽尔布鲁赫的这个磨坊里。

"不过,"他吃完最后一口,舔了舔嘴唇,虽然已经昏昏欲睡,但还是打定了主意,"即便要跑,也得等到夏天……到那时,野地里的花儿开了,田野上的谷子熟了,池塘里的鱼儿也活蹦乱跳了,在那之前谁也别想让我离开这里……"

夏天到了,野地里的花儿开了,田野上的谷子熟了,池塘里的鱼儿也开始撒欢了。克拉巴特和师傅之间爆发了一场激烈的争吵,他没有按吩咐去扛粮袋,而是躲到磨坊旁的阴凉处,在草地上呼呼大睡。他被师傅逮个正着,师傅用多节的手杖将他狠狠地揍了一顿。

"你给我滚,臭小子!竟敢大白天的躲在这儿偷懒!"

克拉巴特哪能忍得了这些!

要是冬天还说不定,那时荒原上冰天雪地,寒风呼啸,他只好乖乖听话。师傅大概是忘了,眼下可是夏天!

克拉巴特打定主意,再也不在这磨坊多待一天了!他偷偷溜进屋子,从阁楼取出自己的衣物和帽子,悄悄溜走了。谁也没有发现,师傅早已回到自己的房间——为了遮挡外面的暑热,窗帘拉得严严实实的。伙计们在仓库里和石磨旁干活儿,就连吕施科也没工夫留心克拉巴特。可不知为什么克拉巴特仍有一种被人暗中监视的感觉。

他抬头环顾四周,发现木棚顶上蹲着一个身影,在直愣愣地盯着他。这是一只毛茸茸的黑色大公猫，以前从未见过，而且还是一只独眼猫。

克拉巴特弯下身子，朝猫扔了块石子，把它赶走了。在灌木丛的掩护下，他快步跑到磨坊的池塘边。不经意间，他朝池塘瞥了一眼，发现离岸边不远处的水里，有一条巨大的鲤鱼，正用独眼直勾勾地盯着自己。

克拉巴特感到很不自在，捡起一块石子，朝鲤鱼扔去。鲤鱼立即钻进水中，潜入暗绿的深潭里。

克拉巴特沿着黑水河往前跑，一直跑到科泽尔布鲁赫一个被称作"荒滩"的地方。他在佟达的墓前待了片刻，他仿佛记得，在某个冬日，大伙儿把他的朋友佟达埋在这里了。

克拉巴特陷入了对死者的怀念中。突然，耳边传来一阵乌鸦沙哑的叫声，他的心猝不及防地停止了跳动。在"荒滩"边奇形怪状的赤松上蹲着一只乌鸦，一动不动，眼睛死死地盯着克拉巴特，他不由得打了一个寒战，因为这乌鸦也只有一只眼睛。

此刻，克拉巴特明白过来了。他来不及多想，拔腿就跑。他不停地奔跑，只要还能跑得动，就沿着黑水河朝上游方向一直跑！

当克拉巴特跑得上气不接下气不得不停下来时，野草丛里爬过来一条毒蛇，身子直立，嗖嗖地吐着芯子，目不转睛地盯着他——这蛇也是独眼！连在灌木丛中窥视他的狐狸都是独眼的。

克拉巴特跑一阵，歇一会儿，又跑一阵，再歇一会儿，傍晚时分终于跑到了科泽尔布鲁赫沼泽地的最顶端。他希望跑出林子，跑到旷野，这样就能摆脱师傅的抓捕了。他匆匆将手伸进水里，随手撩了点儿水，润了润额头和太阳穴。接着将刚才跑散了的衬衣掖进裤腰里，顺便紧了紧裤腰带，然后便向林子外迈出了最后几步——突然，他愣住了。

他原本希望，走出林子就会来到一片旷野上，可万万没料到，自己一脚踏进去的，却是一片林中空地。暮色中，他看见在这片空地的正中央有一座磨坊。师傅正在磨坊的门前等着他。"哟，克拉巴特，"师傅用嘲讽的口气招呼他，"我正准备派人去找你呢。"

克拉巴特非常恼怒，他无法理解这件倒霉事。第二天他又逃走了。这次他是一大早跑的。天还没亮他就朝着与上次相反的方向，往林子外面跑。越过田野草地，穿过村庄和农舍，跨过溪流，涉过沼泽，他一个劲儿地往前赶。管他什么乌鸦、毒蛇和狐狸；什么鱼呀，猫呀，鸡呀，鸭啊，他连看都不看一眼。他想："管它们是独眼还是双眼，或者干脆就是全瞎了，这一次我再也不受它们的迷惑了。"

然而，尽管如此，在跑了整整一天后，傍晚他还是站到了科泽尔布鲁赫的磨坊前。这回等着他的是磨坊的伙计们。吕施科幸灾乐祸地说着风凉话,其他人则默不作声,一脸同情。克拉巴特快要崩溃了,他知道自己也许应该放弃,但就是不愿接受这一事实。他还想再试第三次,而且就在今夜。

逃出磨坊对于克拉巴特来说并不太难。出了磨坊他便一直朝着北极星的方向跑。尽管在黑夜里奔跑,会一路跌跌撞撞,甚至撞得鼻青脸肿,头破血流,但关键是,在夜色中没人能看得见他,也无法给他施魔法。

不远处传来一只小鸦的怪叫声,接着,一只猫头鹰从他身边一闪而过。不一会儿,他在星光下看见了一只老雕鸮,它就蹲在眼前的树枝上,正盯着克拉巴特——用右眼直勾勾地看着他,因为它没有左眼。

克拉巴特不顾一切地继续往前跑,时不时被树根绊一跤,或者跌进水沟里。黎明时分,他第三次出现在磨坊前,此刻他已经见怪不怪了。

此刻的磨坊一片寂静,只有尤洛在厨房里忙前忙后,在炉灶上煮着什么。克拉巴特听了听动静,走进厨房。

"你是对的,尤洛,没有人能从这里跑出去。"

尤洛递给他一杯水,说道:"你该先去洗洗,克拉巴特。"他帮克拉巴特脱下湿漉漉的衬衣,那上面还满是血渍和泥土。尤洛给克拉巴特舀了一盆水,突然间,尤洛脸上往日惯有的傻笑

全然不见了,他神情严肃地说:

"你一个人做不到的事,克拉巴特,兴许两个人一起就能办到。要不咱俩下次一起试试?"

梦到这里,克拉巴特突然被伙计们的声音吵醒了。他们刚刚上阁楼,正朝各自的铺位走去。克拉巴特还能清晰地感受到香肠留在唇边的滋味。看来,他刚才睡得不太久,尽管在梦里已经经历了两天两夜。

第二天清早,他找机会跟尤洛单独待了一会儿。

"我梦到你了,"克拉巴特说,"在梦里你给我出了个主意。"

"我吗?"尤洛说,"我给你出主意?那肯定是个馊主意。克拉巴特,你可千万别当真!"

头插羽毛的人

科泽尔布鲁赫的磨坊一共有七座双盘石磨，常用的是其中六座，第七座一向闲置，因此大家都管它叫"死磨"。"死磨"放置在磨坊靠里面的地方。起初克拉巴特以为这台磨肯定是木齿轮上断了个榫子，要么是主动轴给卡住了，要么就是传动装置损坏了，才被弃之不用。直到有一天早晨他在打扫磨坊时发现，"死磨"出粉道下的地板上，撒落着少许面粉。再仔细一瞧，发现盛面粉的箱子里居然也残留着新鲜的粉末，像是收工时伙计们忘了从外面用力敲打抖落干净。

难道头天夜里有人启用"死磨"了？那肯定是在大家都睡下后偷偷进行的，要么是除了他睡得很沉外谁都没有睡？

克拉巴特突然想起，今天吃早饭的时候，大伙儿都面色发灰，眼窝深陷，还有人偷偷打着哈欠，这一切在他看来相当可疑。

在好奇心的驱使下，克拉巴特沿着木梯爬上了磨坊的操作平台。这里有个巨大的漏斗状容器,待磨的谷物成袋成袋地从这里倒进去,再通过震动装置送入磨盘之间。在倒进谷物的时候,往往不可避免地会有几粒粮食撒落在漏斗外面,可此刻克拉巴特发现撒落的并不是谷粒,而像是细卵石之类的东西。再仔细一瞧,竟然是牙齿……牙齿和碎骨!

一阵巨大的恐惧向克拉巴特袭来,他想大叫,却叫不出声。

突然,佟达出现在他身后,克拉巴特完全没有听见他的脚步声。佟达一把抓住他,问道:"你在找什么呢,克拉巴特?趁没被师傅逮到,你赶紧下去吧!忘了你在这里看到的东西。听我的,克拉巴特,忘了它!"

说完,佟达拉着克拉巴特走下木梯,脚还没踩到磨坊的地板,这个早晨所经历的一切就在克拉巴特的脑海里荡然无存了。

二月下旬,一场寒流袭来。

每天早晨伙计们都必须把进水闸前的冰层凿开。夜里,当磨坊的水轮停止不动时,水车叶片的凹槽里就会结上一层厚厚的冰壳。要启动碾磨,就得先敲掉这些冰壳。

最危险的是堆积在水槽底部的厚冰。为了避免冰块卡死磨轮,得有两个伙计时不时下去敲掉冻冰,这是谁也不愿干的苦差。佟达牢牢盯着,不让任何人溜号。但轮到克拉巴特时,佟达却亲自下水沟,还说,这就不是个孩子能干的活儿,弄不好会伤着他。

对此大伙儿都没意见,只有爱发牢骚的基托在一旁嘟囔着什么,吕施科则赶紧挑拨道:"要是不留神,谁都有可能伤着啊。"

也不知是不是偶然,傻子尤洛就在这个当口拎着两桶满满的猪食走了过来。当他路过吕施科身旁时,一个趔趄,将猪食泼了吕施科一身。吕施科暴跳如雷,破口大骂。尤洛绞着双手连连辩解,苦苦哀求,说恨不得为这倒霉事抽自己几耳光。

"一想到往后的几天,你身上都会散发出猪潲水的气味——这都怪我,哎呀,吕施科,哎呀呀,千万别生我的气,我求你啦!再说倒霉的不光是你,我那些可怜的小猪也要挨饿了!"

克拉巴特还常常跟佟达和伙计们去林子里伐木,坐在雪橇上他身上裹得严严实实的,头上是压得低低的皮帽,肚子里是热乎乎的燕麦粥。每当此时,即便天寒地冻他也感到心里暖融融的,觉得自己比林子里的小熊都要快活。

磨坊伙计们要就地将砍伐的树木削去枝杈,剥掉树皮,锯成长度合适的木头,码放起来。不是密密地堆放,而是在每层木头之间放上横档,以便通风晾干,待来年冬天再把这些木料运到磨坊,加工成梁柱或方形木板、长条隔板。

假如生活里没有什么新鲜事出现，克拉巴特的日子也就这样一天天过去了。然而，发生在身边的某些事颇令他费解。其中最不可思议的是，这个磨坊从来没来过顾客。难道周边的农户都在有意避开他们？但磨坊却每天都在运转，伙计们日复一日地将谷物倒进漏斗，碾磨不停地碾压着大麦、燕麦还有荞麦。

莫不是那些白天从粉箱流进口袋的面粉，到夜间又变成了谷物？克拉巴特认为这种可能性极大。

三月的第一个周末天气突变，西风卷起，乌云密布。"我骨头缝里都疼，"基托嘟囔道，"看来要下雪了。"很快，果真下了一会儿雪，都是些湿漉漉的厚雪片。接着，雪很快转成了雨。大颗雨滴噼里啪啦掉了下来，"你知道吗？"安德鲁施对基托说，"你应该去抓只雨蛙养着，指望你的骨头预报天气，太不靠谱了。"

天气异常恶劣，大雨如注，狂风怒号。雪水、冰水融在一起，流进磨坊前的池塘里，眼看就要溢出来。伙计们必须冒雨冲出去，关闭池塘的闸门，用柱子把它顶住。

池塘的闸门能抵挡住洪流的冲击吗？

"要是这样下去，用不了三天，连人带磨都会被淹没的。"克拉巴特暗自想道。

到了第六天傍晚，雨终于停了，云层也散开了。被雨水浸透的森林一片墨绿，在夕阳的余晖里泛着金红色的光。

就在当天夜里，克拉巴特做了一个噩梦：磨坊着火了。伙计们都从床上跳起来，急匆匆跑下楼去，只有克拉巴特像木头一样躺在床上，不能动弹。

直到火焰烧得屋梁噼啪作响，火星溅到了他的脸上，他才大叫一声，从梦中惊醒过来。

他揉了揉眼睛，打了个哈欠，朝四周张望了一下。突然，他惊呆了，完全无法相信自己的眼睛：伙计们都到哪儿去了？

草褥子上空空荡荡的，从眼前的情形判断，他们走得很急。被子胡乱堆在一边，床单也乱七八糟，地板上横七竖八地摊着棉袄、帽子、围巾、腰带。映在阁楼窗子上闪烁不定的红光，把屋里的一切照得清清楚楚。

磨坊难道真的起火了？

克拉巴特顿时睡意全消。他连忙起身，推开窗户，将身子探出窗外，想看个究竟。只见在磨坊前的场地上，停着一辆载满货物的马车，上面紧绷着被雨水浸湿的黑色帆布篷。车辕上挽着六匹高头大马，都是清一色的黑骏马。车夫的高座上坐着一个人，衣领高高立起，帽檐压得低低的。他也一身全黑打扮，只有帽檐上插着鲜红的羽毛。这羽毛像风中的火焰一样摇曳不定：一会儿像向上吐着的火舌，耀眼夺目；一会儿低垂收敛，似要熄灭。虽然光线忽明忽暗,却也足以照亮磨坊前的空地。

伙计们在马车跟磨坊之间穿梭不停,他们把车上的口袋卸下来,扛进屋里,然后又急匆匆跑到马车旁。这一切都在默默地、极度紧张地进行着。没谁高喊,也听不到咒骂,唯一能听到的是伙计们急促的喘息声。马车夫时不时打个响鞭,鞭梢从伙计们的头顶低低掠过,他们能感到一阵气流飘过,在这样的催促下,大伙儿的手脚使得更快了。

就连师傅也在拼命干活儿,平日里他在磨坊可是四体不勤的。今天夜里,他一直干得十分卖力,还跟伙计们打赌比赛,好像有谁会给他钱似的。

这期间,师傅有一次放下手中的活计,短暂地离开了一会儿,消失在黑暗里。起初克拉巴特疑心他是想到一旁喘口气,歇一会儿。谁知他跑到磨坊的池塘旁,拔出支撑水闸的木桩,打开了闸门。

一时间,池塘里的水从磨坊的沟渠哗哗涌向水槽。磨轮也开始吱吱转动起来。不一会儿,它就正常地运转起来了,而且转得非常轻快。接下来,随着一阵闷闷的轰隆声,碾磨也启动了。但是,听动静好像只启动了一座碾磨——它的声音克拉巴特从未听见过,好像是从磨坊最里边的角落传出来的,是一种刺耳的噼噼啪啪、咔咔嗒嗒的声音,这声音很快就变成了低沉的、令人不忍卒听的吼叫。

克拉巴特不由得想起了那座"死磨",刹那间后背起了一层鸡皮疙瘩。

与此同时,屋前场地上的人还在忙个不停。直到马车上的货全部卸完了,伙计们才终于可以歇口气。可不一会儿,重活儿又来了。不过,这回是将屋里的口袋扛到马车上,也就是把原先卸下的东西磨好后再扛回原处。

克拉巴特本想数数一共有多少袋,可没撑多久瞌睡虫就来了。鸡叫头遍的时候,马车的辘辘声又把他吵醒了。他之前看到的那个陌生人,扬鞭驾着马车碾过湿漉漉的草地,朝森林飞奔而去。可蹊跷的是,那辆重载的马车竟然没有在草地上留下一丝痕迹。

很快,水闸关上了,磨轮也停止了转动。克拉巴特飞快回到自己床上,拉上被子将头蒙住。伙计们晃晃悠悠上了楼,个个精疲力竭。他们默默地回到床上,只有基托在发牢骚,嘟囔了三遍什么"该死的新月夜""不是人干的活儿"之类的话。

折腾了一夜,克拉巴特第二天早晨差点儿起不了床。他脑袋发胀,肚子难受。吃早饭的时候,他偷偷打量了一下伙计们,发现他们个个精神萎靡、睡眼惺忪,都在闷闷不乐地往嘴里塞燕麦粥。连安德鲁施也没有心情说笑了,他阴沉着脸,怔怔地盯着面前的碗,一声不吭。

早饭后,佟达将克拉巴特叫到一旁:

"你昨晚睡得不好吗？"

"你看出来了？"克拉巴特回道，"我倒没有去干那重活儿，只是看着你们忙乎。可那个陌生人驾车过来的时候，你们为什么不叫醒我？你们肯定是想瞒着我，就像磨坊里好多别的事情一样，不让我知道。可我既不瞎，也不聋——千万别把我当傻瓜了，再也别了！"

"谁也没有说过不告诉你啊。"佟达说。

"可你们就是这么干的！"克拉巴特大声喊道，"你们总是藏着掖着，为什么不干脆告诉我？"

"所有的事情都需要有一个规定的期限。"佟达心平气和地解释道，"你很快就会知道师傅和磨坊的内情了。这个时刻会比你预料的来得更快，耐心等着吧。"

横杆上的乌鸦

耶稣受难节这天的傍晚,科泽尔布鲁赫的上空高悬着一轮灰白的、浮肿了似的月亮。伙计们还聚在雇工间,可克拉巴特很累,早早就上床睡觉去了。就算是过节,今天也没停工,现在总算熬到晚上,能好好歇会儿了……

忽然,他听见有人喊他的名字,就像当初在彼得斯海恩的铁匠铺里梦到的一样。只是那个嘶哑的、仿佛从虚空中飘来的声音,他现在不再感到陌生了。

他起身细听,又听到有人在喊他的名字:"克拉巴特!"于是他一把抓起衣服穿上。

衣服刚刚穿好,就听到师傅第三次叫他。

克拉巴特连忙奔向阁楼地板上的开口,一打开,光线就从底下射了上来。他听到楼下走廊里有响动,那是木鞋踩在地上发出的嗵嗵声。一阵不安向他袭来,他犹豫着,屏住呼吸——然后他猛地一蹿,三步并作两步飞奔下楼。

走廊的尽头站着十一个伙计。通往"黑室"的门敞开着，师傅坐在桌子后面。一切如同克拉巴特初来时看到的那样：桌上摆着一本厚厚的皮面书，插着红烛的骷髅头也赫然在目。只是师傅的脸不再那么苍白，更确切地说，师傅的脸早就不那么苍白了。

"走近点儿，克拉巴特！"

克拉巴特向前走了几步，来到"黑室"的门槛前。他倦意全消，昏昏沉沉的感觉也没有了，甚至感觉不到心脏的跳动。

师傅打量了他一会儿，然后抬起左手，转身招呼站在走廊里的伙计们：

"快！飞到横杆上去！"

这时，只见十一只乌鸦扇动着翅膀，穿过房门，嘎嘎叫着从克拉巴特身边飞过。他转身张望，发现走廊里已经没有了伙计们的踪影。那群乌鸦纷纷落到"黑室"左后方角落里的一根横杆上，然后都直勾勾地盯着他。

师傅站起身来，他巨大的身影罩在克拉巴特身上。

"你来磨坊三个月了，克拉巴特，已经过了试用期。你已经不是一般的学徒了——从今往后你就是我的学生了！"

师傅边说边走到克拉巴特面前，并用左手触摸了一下他的左肩。克拉巴特顿时感到毛骨悚然，因为他发现自己的身子在不停地收缩，缩得越来越小，并长出了乌鸦的羽毛、利喙和爪子。他蹲在师傅脚下的门槛上,不敢抬头张望。

师傅盯着他看了一会儿,然后拍手喊道:"快去!"这时,克拉巴特——乌鸦克拉巴特,顺从地张开双翅飞了起来。他笨拙地扑扇着翅膀,飞进"黑室",绕着桌子飞了一圈,然后掠过那本厚书和骷髅头,朝横杆飞去。最后在那群乌鸦旁边落下,爪子紧紧抓住横杆。

师傅训诫道:"你得明白,克拉巴特,你现在来到了一所秘密学校。在这里学的不是阅读、写作和计算,而是艺术中的艺术。看见桌上那本用链子拴着的书了吧?那是一部《魔法大典》,一部神怪魔咒。你看,这本书是黑纸白字的,它包含了世上所有的魔咒,只有我本人有权阅读,因为我是师傅。而你们,你跟其他学生,都严禁阅读此书。你记住了,别背着我偷看,否则你会吃不了兜着走的!听明白了吗,克拉巴特?"

"听明白了!"克拉巴特大声回答道。他感到奇怪,自己都变成乌鸦了,居然还能说话。虽然声音沙哑,却还算清晰,且毫不费力。

克拉巴特先前听说过有关这类秘密学校的传闻,据说,在劳济茨有好几所类似的学校。然而,他一直认为这不过是荒唐的传言,是女人们在纺纱间干活儿时嚼舌根子罢了。可如今自己却置身于一所这样的学校,它对外号称磨坊,但科泽尔布鲁赫一带的人却唯恐避之不及,显然,他们都在议论这所磨坊的种种古怪之处。

克拉巴特来不及往下细想,因为师傅已经坐到桌子后头,开始朗读《魔法大典》的一个章节了。他用咏唱的调子缓缓地诵读着,边读边晃动着他那僵硬的身子,一会儿向前,一会儿朝后。

"以下是令井水干涸之法。使用此法,能使水井日日无水。"师傅读道,"首先,备桦木橛四根,将其用炉火烘干,每根二又二分之一拃长,大拇指粗,底端削成三棱形。然后,于深夜十二时至凌晨一时,在水井周围钉上桦木橛,每根橛子的位置均距水井中心七只鞋那么远。每根橛子的方位各不相同。午夜施法,黄昏收法。最后,在默默完成上述事情后,围着水井跑三圈,并诵念以下魔咒……"

接着,师傅开始诵念咒文,那是一连串谁也听不懂的词。虽然语调听似悦耳,但语气低沉,透着招灾的意味。直到师傅已经重新开始朗读那章《魔法大典》,刚才那段阴森的咒语还在克拉巴特耳旁回响,久久挥之不去。"以下是令井水干涸之法……"

师傅将魔法和咒语全文整整诵读了三遍,且一直用一种咏唱的语调,身子一前一后地晃动着。读了三遍后,他将书合上,又默默保持了一阵原来的姿势,然后转身看向乌鸦们。

· 037

"我刚才教了你们一种新的神秘魔法。"此刻他的语气又恢复了原样,"现在让我听听,你们记住了多少。你,对,从你开始!"

师傅用手指着其中的一只乌鸦,让他将刚才的魔法和咒语复述一遍。

"关于令井水干涸的……干涸的魔法……使用此法,能使水井……日日无水……"

师傅挨个指定乌鸦们复述魔法和咒语,并详细考问。虽然他并没有一一叫出十二只乌鸦的名字,但从他们说话的语气,克拉巴特也能分辨出来。比如佟达,即便成了乌鸦,说话也依然从容淡定、深思熟虑;基托的声音里透着一如既往的不耐烦;即便用鸟喙,安德鲁施仍然巧舌如簧;而尤洛在复述时总是吞吞吐吐,时常哽住。总之,在一群乌鸦中,克拉巴特也能一闻其声,即辨出其人。

"关于令井水干涸之法……"

乌鸦们一遍又一遍地复述着《魔法大典》中的魔法和咒语,有的流利,有的结巴。第五遍……第九遍……第十一遍。

"现在该你了!"师傅冲克拉巴特喊道。

克拉巴特打了一个激灵,接着磕磕巴巴地说道:"关于井水……井水……的办法……"

刚一开始,他就哽住了,接下来的他都忘了,怎么都想不起来。师傅会惩罚他吗？

可是，师傅却心平气和。

"下次你得多注意词汇，少注重语调。"师傅说道，"而且，你还必须知道，在这所学校里，没有谁是被逼着学习的。要牢牢记住，我从《魔法大典》中诵念的每一章节，都会令你终身受用。不然，吃亏的只有你自己，记住啦！"

课就上到这里，门开了，乌鸦们呼的一下飞出"黑室"，在过道里重新恢复了人形。克拉巴特也变成了原来的模样，只是，他不知道自己是怎样复原的，也不知道是谁帮他复原的。当他跟着伙计们顺着木梯爬上阁楼时，仿佛自己刚从一场纷乱的梦中醒来。

秘密兄弟会的标记

第二天是耶稣复活节前的礼拜六，磨坊伙计们不用干活儿，大部分人吃完早饭又倒头睡觉去了。

"你也去吧。"佟达对克拉巴特说道，"先上楼睡个够。"

"睡个够？为什么呀？"

"到时候你就知道了，赶紧去睡吧，能睡多久睡多久。"

"好啦！"克拉巴特嘟囔道，"我这就去睡……对不起，我不该问的……"

阁楼的窗子上挂了块布，遮住了光线，这样大家很快都睡着了。克拉巴特侧身向右，背对着窗户，头枕在胳膊上，沉沉睡去，直到尤洛将他唤醒。

"快起来，克拉巴特，饭都上桌了！"

"什么？都到中午了？"

尤洛笑着扯下遮在窗子上的布。

"还中午呢！"他大声说，"外面的太阳都快落下去了。"

今天的午餐和晚餐合成一顿，因此格外油腻和丰盛，就像节日的盛宴。

"大家可要把肚子撑圆了！"佟达提醒大家，"你们是知道的，这顿饭得管好久呢！"

晚饭过后，复活节之夜来临。师傅来到雇工间，派伙计们去"取标记"。

大伙儿在师傅身边围成一圈，像小孩子一样，开始玩"捉妖怪"或"狐狸团团转"的游戏。师傅嘴里嘟囔着一些陌生的、有恐吓意味的词，然后开始数数，从左往右数一次，然后又从右往左数一遍。第一轮数到了斯塔施科，第二轮数到了安德鲁施，他俩默默地退出圈子，远远走开了。师傅又重新开始数数，这次轮到麦尔腾和汉佐，接着是吕施科跟培塔尔离开……最后剩下的是克拉巴特和佟达。

师傅最后一次重复那些神秘的句子，语速缓慢，口气庄重。接着他用手势示意两人离开，随后自己也转身走了。

佟达示意克拉巴特跟着他，两人默默地离开了磨坊，一言不发地朝木棚走去。

"你在这儿稍等一会儿！"说完佟达走进木棚，从里面抱出两块羊毛毡，并将其中一块递给克拉巴特，然后两人一起朝施瓦尔茨科尔姆方向走去——先经过池塘旁，再穿过科泽尔布鲁赫的森林。

• 041

走进林子的时候,天已经完全黑下来了。克拉巴特寸步不离地跟着佟达。他突然记起自己曾经到过这里,只不过方向相反,而且是在冬季,当时他孤身一人。这不过是三个月前的事吧?

简直令人难以置信!

走了一阵子后,佟达说:"到施瓦尔茨科尔姆了。"

透过树干之间的缝隙,他们看到村庄里灯火阑珊。从这里往右走出林子,就是空旷的原野。脚下是干燥的沙路,路旁是干枯的树木和一些稀稀落落的灌木丛。旷野上方天空辽阔,繁星点点。

"我们这是要去哪儿呀?"克拉巴特问。

"去莫尔德克罗伊茨①。"佟达说。

不一会儿,他们看到了荒原上一个沙坑里泛起的火光。这是谁点的篝火呢?

"肯定不是放牧的人,"克拉巴特说,"这季节对他们来说还太早。倒像是吉卜赛人,要不就是走街串巷的补锅匠在忙乎活计。"

佟达停住了脚步。

"他们先到了莫尔德克罗伊茨——走吧,我们去波伊梅尔

---

① Mordkreuz,此处为音译。其意为"凶杀十字架"——译注。

斯托德①。"

佟达转身往回走，没做任何解释。他们不得不拖着沉重的双腿，沿着来时的路回到林子里，从这里拐上右边的一条羊肠小道。这条小路先绕施瓦尔茨科尔姆村而过，然后与一条马车道相连，而马车道又沿着对面的林子伸向远方。

"马上就到了。"

这时，明月当空，银辉洒在他们的身上。佟达和克拉巴特沿着马车道走到前面的拐弯处。这里有一棵高高的赤松，树影下立着一个齐人高的木头十字架。这十字架饱受风雨的侵蚀，已经破旧不堪了，上面既没刻字，也无任何饰物。

"这里就是波伊梅尔斯托德。"佟达说，"也就是波伊梅尔的死亡之地。多年前一个叫波伊梅尔的人在这里送了命，据说是伐木时惨遭不测——详情今天没有人说得清。"

"那我们呢？"克拉巴特问，"我们来这里干什么？"

"是师傅下的命令。"佟达说，"我们所有人都必须在野外度过复活节之夜，每两个人一组，而且都得找一个曾经有人暴毙过的凶险之地。"

"那我们现在该干吗？"克拉巴特接着问。

"我们要点燃一堆篝火。"佟达说，"然后要保持清醒，在

---

① Bäumels Tod，此处为音译。其意为"波伊梅尔的死亡之地"——译注。

十字架下守到黎明,等晨曦初露时我们还要互相给对方画上标记。"

他们特意拢住篝火,免得惊动施瓦尔茨科尔姆村的人。两人将羊毛毡裹在身上,然后静静守候在十字架下。佟达偶尔会问克拉巴特冷不冷,嘱咐他记得时不时往火里添些从林边捡来的小树枝。再后来,佟达变得越来越沉默。克拉巴特试着找些话题跟他搭话:

"我说——佟达?"

"什么事?"

"咱们秘密学校总是这样吗?师傅先念一段《魔法大典》,然后再考问,看看你到底记住了多少……"

"是的。"佟达说。

"我实在想象不出,用这种方法怎么能学得会魔法。"

"学得会的。"佟达说。

"上课时我不太专心,师傅是不是生我气了?"

"没有。"佟达说。

"以后我得聚精会神地学。你相信我能做到吗?"

"做得到。"佟达说。

看得出,佟达不太愿意聊天,他背靠着十字架,直挺挺地端坐着,一动不动。佟达的目光直视远方,越过村庄,凝望着被月光笼罩的荒原。此后，他再也没开口。克拉巴特轻轻唤着他的名字，他也不做任何应答。眼前的佟达比死人更缄默，目光比僵尸还呆滞。

时间一点点过去，渐渐地，佟达的行为举止越来越让克拉巴特感到一种无可名状的恐惧。他想起曾经听说过的一种传闻：某些人通晓"灵魂出窍"的魔法，他们可以像破茧一样，让灵魂脱离肉体，而肉体则蜕为空壳般的皮囊留下。这时，他的"真我"已经走了，谁也看不见。这个"真我"通过一条神秘的道路，走向不为人知的目的地。此刻，佟达也灵魂出窍了吗？会不会他的躯壳尚在这篝火旁，而他的灵魂却完全在别处？

"我可一定得保持清醒。"克拉巴特拿定主意。

他一会儿用右肘支撑着脑袋，一会儿又换上左肘。他细心照管篝火，让它均匀燃烧，还捡了些小树枝，将其归拢成一个个整齐的小堆。他一分一秒地打发着时间。天空斗转星移，月光下，房屋和树木的影子不断移动着，缓缓改变着自己的形影。

突然，佟达像还阳般活过来了。他欠身指着四周对克拉巴特说：

"钟声……你听见钟声了吗？"

自复活节前的礼拜四起，各处的钟声便归于沉寂。此刻，在这复活节的午夜，四面八方的钟声又重新响起，邻近村庄教堂里的钟声飘到了施瓦尔茨科尔姆。尽管钟声并不悦耳，只是闷闷的嗡嗡声，就像一群蜜蜂飞过，然而，它却传遍荒原、村庄、田野、牧场，直至最远处的山丘。

就在远处钟声响起的同时，从施瓦尔茨科尔姆村传来了一阵姑娘的歌声，她欢快地唱着一首古老的复活节之歌。克拉巴特熟悉这首歌，孩提时他曾在教堂唱过，可此刻他却像第一次聆听。

"复活了，
先圣基督，
哈利路亚，
哈利路亚！"

这时，又有十二至十五个姑娘加入演唱，她们用合唱的形式一起将这首歌逐段唱完。随后，那姑娘又开始领唱另一首，接着又是合唱，她们一首接一首往下唱。

克拉巴特自幼便熟悉这些。每逢复活节之夜，姑娘们都会唱着歌在村子里穿行，从午夜唱到黎明。姑娘们队伍紧凑，每排三至四人，其中长相最美、歌声最纯的姑娘走在第一排，只有她有资格担任领唱。克拉巴特知道，她就是人们所说的康朵尔卡。

远处传来一阵钟声，姑娘们还在歌唱。克拉巴特坐在十字架下的篝火旁，屏住呼吸，着魔似的倾听着村庄里传来的悠扬歌声。

佟达往火堆里添了根树枝。

"我曾经爱上过一位姑娘，"佟达说，"名叫沃尔舒拉。半年前她死了，葬在塞德温克的墓地里。我没能给她带去幸福——你记住，我们磨坊里的伙计绝不可能给任何姑娘带去幸福。我不知道这究竟是什么原因，也不想故意吓唬你。可是，克拉巴特，要是有朝一日你真的爱上了某个姑娘，可别让人看出来。千万不能让师傅察觉，也不能让吕施科发现——他可是什么都会向师傅告发的。"

"你心上人的死是跟师傅和吕施科脱不了干系吗？"克拉巴特问。

"我不知道。"佟达说道，"我只知道，要是我不说出沃尔舒拉的名字，可能她还会活着，等我了解这一切时，可惜已经太迟了。但你不一样，克拉巴特，你知道得很及时。一旦你有了心上人，千万不要在磨坊里透露她的名字！无论如何都别让任何人从你嘴里套出来！听见了吗？醒着不能说，梦里也别说——这样你才不会给自己招灾惹祸。"

"这个你大可放心，"克拉巴特说，"我对姑娘压根儿不感兴趣，也想象不出我啥时候会改变。"

晨曦初露的时候，村子里的钟声和歌声都沉寂下来了。佟达用刀子从十字架上削下两块木片，然后将它们插进火中烤焦。

"你见过五角星吧？"佟达问道。

"没有。"克拉巴特说。

"你看这个！"

佟达用指尖在沙地上画了一颗有五个角的星星，由五根直线组成，其中每根线都与另外两根相交，整个星星一笔连成。

"这就是标记。"佟达说，"你画画试试。"

"这应该不难吧。"克拉巴特说，"你先是这么画的……然后这样……再这样……"

试了三次，克拉巴特才在沙地上画出了一颗准确的五角星。

"好了，"佟达说着，将其中一块烧焦的小木片递给克拉巴特，"现在你跪在篝火旁，从火堆上把手伸过来，用烧焦的木片在我额头上画个五角星。我会告诉你画的时候该说些什么……"

克拉巴特依照佟达的要求行事。他俩互相在对方的额头上画五角星的时候，克拉巴特跟着佟达说道：

"我给你画上,兄弟,

用十字架的焦炭,

给你画上

秘密兄弟会的标记。"

然后,两人互相在对方的左脸颊上留下了复活节之吻。他们又用沙土压灭了篝火,将剩余的柴火抛掉,这才踏上了归途。

佟达这次又选择了那条穿过田间的小道,他们绕过村庄朝着晨雾缭绕的森林走去。这时,透过黎明的微光,他们看见了一排模模糊糊的身影:村里的姑娘们排着长队悄无声息地向他们走来。她们个个头裹黑纱,手上拎着一只陶制水罐。

"过来,"佟达对克拉巴特说,"她们刚取了复活节圣水,咱们可别吓着人家……"

他们连忙蹲到身旁的树篱影子下,让姑娘们从身边走过。

克拉巴特知道,复活节圣水必须在复活节当日黎明前取自某处甘泉,要默默取水,默默回家。据说,若用此水洗漱,这一年都将获得美貌和幸福——至少姑娘们都是这么说的。

此外,还有一种说法:如果在取水途中没有东张西望,就能遇见未来的心上人——可谁知道这种说法是否可信呢。

记住，我是你师傅

师傅将一副牛轭搬到敞开的磨坊门前，牛轭两端钉在大门两侧的立柱上齐肩高的位置。伙计们回来时，每人都必须从牛轭下进入磨坊，同时诵念："我将严守秘密兄弟会的会规。"

师傅在走道里等着他们，每进去一个，他就给这人右脸一记耳光，并大吼一声："记住，你是学生！"

然后再往这人左脸狠抽一记耳光，大吼道："记住，我是你师傅！"

然后，学徒们还要向师傅三鞠躬，并发誓："我将永远服从您，师傅！千依百顺，从现在到永远。"

佟达和克拉巴特也受到了这样的"礼遇"。不过，克拉巴特尚不知道，从此刻起，自己已经完全落入了师傅的魔爪，灵魂和肉体均要听任师傅摆布，无论生死，毫发不剩。他走进伙计们的队伍中，跟大家一起在走廊尽头等着吃早饭。所有人都像佟达和他一样，额头上画着个五角星。

只有培塔尔和吕施科还没有回来。

不一会儿,他们也出现在门口,等他们也从牛轭下钻进磨坊,挨了两记耳光,发誓完毕,石磨便轰隆隆转起来了。

"快点儿!"师傅对伙计们大喊道,"干活儿去!"

伙计们二话不说,连忙脱下外套,朝磨粉间跑去,一边跑一边挽袖子。他们马不停蹄地将粮袋扛过来,开始磨面。师傅则在一旁不断催促,一边叫喊,一边挥舞拳头。

"这也算复活节礼拜日!"克拉巴特想,"一夜没睡,粒米未沾,还要当牛作马,一个人干三个人的活儿!"

干了一阵子,连佟达也开始上气不接下气了。伙计们个个挥汗如雨,汗珠从额头和太阳穴流到脖子里,再顺着后背往下淌,衬衣和裤子都湿漉漉地贴在身上。

"到底还得干多久啊?"克拉巴特想。

他抬头望去,伙计们个个愁眉苦脸,唉声叹气,大伙儿都累得气喘吁吁,汗流浃背,额头上的五角星被汗水浸得越来越模糊,渐渐隐没了。

突然,意想不到的事情发生了。

克拉巴特正扛着一袋小麦,十分艰难地往磨坊的操作平台上爬。此刻,他已精疲力竭。不堪重负的他眼看就要从梯子上滚下来——可刹那间,他身上的疲劳烟消云散了,腿不抽筋了,腰也不疼了,连呼吸都变得轻松均匀起来。

"佟达!"他高声喊道,"你瞧呀!"

只见他一个箭步跃上平台,从肩上卸下粮袋,抓住袋子的两端,将小麦倒进漏斗。他身轻如燕,欢呼雀跃地干着活儿,仿佛不是在倒粮食,而是在轻轻抖落羽毛。

伙计们也都跟换了个人似的,他们伸胳膊的伸胳膊,拍大腿的拍大腿,人人开怀大笑,就连平日里满腹牢骚的基托也不例外。

克拉巴特想赶紧去仓库再扛一袋粮食,佟达连忙喊住他:"别去了!已经够了!"等小麦一磨完,佟达便停了碾磨,说:"今天收工了!"

只听一阵咔嚓声过后,接着吧嗒一声响,磨轮停止了转动。接着,大伙儿把面粉箱子也敲打抖落得干干净净。

"弟兄们!"斯塔施科高声喊道,"我们好好庆祝一下吧!"

很快,有人搬过来大罐大罐的葡萄酒。尤洛端来了各种复活节小点心,用奶油烤的、黄灿灿的甜点,里面的馅是凝乳或李子酱的。

"吃吧,弟兄们!敞开肚皮吃——酒也管够!"

伙计们埋头吃喝,尽情享受。不一会儿,安德鲁施开始纵情高歌。大伙儿一边嚼着点心,一边开怀痛饮。然后他们围成一圈,手挽着手,脚踏节拍,载歌载舞起来:

"磨坊主坐门口,
克拉布斯特尔,克拉巴斯特尔!
克拉布姆!
来了一个好看的徒儿,
克拉布斯特尔,克拉巴斯特尔!
来了一个徒儿,
克拉布斯特尔,克拉巴斯特尔,
克拉布姆!"

每当唱到"克拉布斯特尔,克拉巴斯特尔"时,大伙儿便一齐唱。然后汉佐又开始领唱下一段——就这样,他们依次一段段往下唱,边唱边围成一个圈跳舞,一会儿朝左,一会儿向右,一会儿簇拥到中心,一会儿又向四周散开。

最后轮到克拉巴特,他很适合唱这段。只见他闭上双眼,唱起了歌的结尾段落:

"学徒可不笨,
克拉布斯特尔,克拉巴斯特尔!
克拉布姆!
他拧断了
磨坊主的脖子,

克拉布斯特尔,克拉巴斯特尔!
拧断了他的脖子!
克拉布斯特尔,克拉巴斯特尔,
克拉布姆!"

跳完舞大伙儿继续喝酒。一向沉默寡言的库柏把克拉巴特叫到一边,拍拍他的肩膀说:

"你有一副好嗓子,克拉巴特——就连唱诗班的领唱都得输给你。"

"输给我?"克拉巴特很诧异。不过,当库柏提到他的嗓子时,克拉巴特这才意识到,自己居然又能唱歌了,声音虽然低沉,但稳定有力。自去年入冬以来,他饱受嗓子干痒的折磨,可现在那种感觉一点儿都没有了。

复活节礼拜一,伙计们又恢复了日常的劳作,一切依旧,只是克拉巴特不必再像从前那样当牛作马了。师傅总是指派他干些轻松的活计,从前每晚瘫倒在草铺上时,总是累得半死,眼下这种苦日子似乎熬到头了。

克拉巴特对于这种改变心怀感激,他推想得出这种改变究竟从何而来。后来在跟佟达私下见面时,他说出了自己的猜测。

"这一点你说对了,"佟达说,"只要我们额头上还画着五角星，就必须当牛作马，直到汗水将标记的最后一丝痕迹冲刷干净。从那一刻起，手里的活计会变得非常轻松，一年到头从早到晚只要干活儿都是如此。"

"可除了上工这段时间呢？"克拉巴特问，"我是说收工以后呢？"

"那就没那么松快了，"佟达说，"得靠我们自己把活儿一点点干完。但是，克拉巴特，你也别太担心了。一来，半夜被叫起来干活儿的时候不多；二来，咬咬牙也能挺得过去。"

至于他们共同度过的那个复活节之夜，以及心上人之死给佟达带来的痛苦，他俩再也没有谈起过，就连暗示性的点到为止都没有。不过，克拉巴特却自认知道，那天夜里，当佟达僵坐在篝火前，目光呆滞地凝望远方时，他的灵魂究竟去了哪里。而且每当克拉巴特想起佟达跟沃尔舒拉伤感的爱情故事时，他就会想起施瓦尔茨科尔姆村的康朵尔卡，想起复活节午夜时分从那里飘来的她的歌声，这令他感到非常奇怪。他想忘了她，却又做不到。

每逢礼拜五的晚上，伙计们都会聚集到"黑室"前，在变身乌鸦后纷纷飞到横杆上去，克拉巴特也很快学会了。每次，师傅都会从《魔法大典》中选取一段，给大家朗读三遍，然后让他们复述出来——至于大家怎么复述，能复述出多少内容，师傅并不强求，在这点上，他倒不太计较。

· 055

克拉巴特非常刻苦，恨不得将师傅所教的一切都铭记在心：呼风唤雨法、变冰为糖法、定身法、避开魔弹法、隐身法、灵魂出窍法等一系列魔法。无论是白天干活儿时，还是晚上睡觉前，他都一遍又一遍孜孜不倦地复习所学的魔法和咒语，力求牢记于心。

克拉巴特已经渐渐领悟到：谁掌握了这门艺术中的艺术，谁就拥有了凌驾于其他人之上的权力。他一定要努力获取这种权力，即便获取的权力不会比师傅的更多，但也要跟师傅的不相上下——这似乎成了他的最高目标。为了实现这一目标，他不断学习，勤学苦练，日日不辍。

复活节过后第二个礼拜的一天夜里，伙计们被从床上叫起。师傅手持一盏灯站在阁楼的门口。

"有活儿了！教父大人快来了。你们赶紧起来！快起来！"

慌乱中克拉巴特没有找到鞋，只得光脚跟着其他人跑到磨坊前。

这是一个新月夜，四周一片漆黑，伸手不见五指。推推搡搡中，有人的木鞋踩到了克拉巴特的脚趾，疼得他直嚷嚷："哎哟！你就不能小心点儿吗？笨蛋！"

立刻，有人伸手捂住了克拉巴特的嘴，小声对他说："别出声！"说这话的是佟达。

克拉巴特这才意识到，自从伙计们被叫起后，谁也没开过口。后来大家都一直沉默不语,克拉巴特也没再吭过一声。

他能想象得到要干的是什么活计。不一会儿,那个陌生人驾着马车嗒嗒地驶过来了,帽子上依然插着火红的羽毛。大伙儿一齐涌向前去,将黑色的遮篷布掀开,再将车上的口袋一一扛进屋子,一直扛到磨坊最里端的"死磨"旁。

一切都像四个礼拜前克拉巴特透过阁楼的窗户看到的一样。不同的是,这次师傅跃身上了马车,在驾驶座上挨着陌生人坐了下来。今夜挥舞响鞭的是师傅本人,鞭梢从伙计们的头顶掠过,他们一感觉到有凉风袭来,便连忙弯下腰去。

自从额头上的五角星标记消失后,克拉巴特一直很轻松,几乎忘了扛这满满一口袋东西有多辛苦,忘了气喘吁吁的滋味。

"记住,你是学生!"这是师傅的原话,克拉巴特越琢磨这句话,越觉得不是滋味。

鞭子还在呼呼作响,伙计们马不停蹄地忙碌着,磨轮开始转动起来,"死磨"发出的噼啪声和号叫声充斥着整个磨坊。袋子里装的究竟是什么东西呢?克拉巴特思忖着,朝大漏斗瞥了一眼,悬挂在屋梁下的马灯光线微弱,实在看不真切。他倒进漏斗的是马粪蛋,是松球,还是石头?圆圆的、蒙了一层污垢的石头……

克拉巴特还没来得及细看,吕施科就已经又扛着一袋东西上气不接下气地过来了,他用胳膊肘顶了一下克拉巴特的肋骨,将他挤到一旁。

米切尔和麦尔腾在出粉道口忙乎,他们将已经磨完的粉末重新装进空口袋,再扎紧袋口。一切像从前那样有条不紊地进行着。鸡叫头遍的时候,马车又装满了,遮篷已经盖好、系牢。陌生人夺过鞭子,随着"驾——"的一声,马车疾驰而去,速度飞快,师傅要不是跳得快,从车上下来时保不齐连脖子都要折断了。

"跟我来!"佟达招呼克拉巴特。

这时,其他伙计都进屋了,克拉巴特跟着佟达去池塘那边关水闸。下面的磨轮已经停了,四周一片寂静,只听得见公鸡的打鸣声和母鸡的咯咯声。

"那人常来吗?"克拉巴特问,他用头示意刚才马车消失的方向。

"每逢新月之夜都会来。"佟达说。

"你知道他是谁吗?"

"只有师傅知道。他称呼那人'教父大人',而且特别怕他。"

他们慢慢穿过被露水打湿的草地回到磨坊。

"可有件事我实在搞不明白,"进屋前克拉巴特问,"上回那人来的时候,师傅还跟着一起干活儿,今天他为什么

058

不干？"

"上回嘛，"佟达说，"他是不得已，因为要凑够十二个人。可复活节后，秘密学校又满员了，所以现在他只要挥挥鞭子就行了。"

卡门茨的牛贩子

有时,师傅会把磨坊的伙计分成两人一组或多人一组,将他们派往十里八乡,去完成一些任务,让他们有机会去实践在秘密学校所学的知识。

一天早晨,佟达对克拉巴特说:"今天我得跟安德鲁施一起去维缇辛瑙的牲口市场。你要愿意也可以一起去,师傅已经准了。"

"太好了!"克拉巴特说,"这出去一趟可比在这儿没完没了地磨面强多了!"

他们选了一条林中小路,这条路在诺伊多尔夫村的泰西豪森旁边与一条大道相连。这是一个阳光灿烂的七月天,松鸦在枝头上叽叽咕咕,啄木鸟用嘴笃笃笃地敲击着树干,成群结队的蜜蜂和大黄蜂在覆盆子丛中忙碌着,发出嗡嗡的声响。

克拉巴特发现,佟达跟安德鲁施一路上兴致颇高,像是去赶某个教堂落成纪念日的年集似的。这肯定不单单是因为天气好，安德鲁施平日里的确是个乐呵人，成天有说有笑的，可佟达今儿也兴致勃勃地吹起了口哨，这实在罕见。他一边走，还一边甩着牛鞭。

"你这是在练习赶牛吧？"克拉巴特问，"也是，回来的路上你就能轻松些。"

"回来的路上？"

"是呀，咱们不是要去维缇辛瑙买牛吗？"

"才不是呢！"佟达说。

说话间，克拉巴特身后传来"哞——"的一声，他回头一看，只见刚才安德鲁施站的地方，出现了一头粗壮的公牛，油光水滑的皮毛呈现出斑斓的颜色，它正用十分友好的眼神盯着克拉巴特。

"哎呀！"克拉巴特惊得大叫一声，不禁揉了揉双眼。

转眼间，佟达也不见了，取而代之的是一个索布族老农夫。这个小个子农夫脚蹬树皮鞋，身穿皱皱巴巴的亚麻布裤，脚踝以上的裤腿上系着皮带子，宽大的罩衫上扎着一根草绳。头上的帽子油光锃亮，脏脏的，帽檐的皮子都已经磨秃了。

"哎呀！"克拉巴特又一次惊叫起来。这时有人拍了拍他的肩膀，哈哈大笑起来。

克拉巴特转身一看，安德鲁施又出现在他面前了。

"你刚才去哪儿了，安德鲁施？那头牛怎么不见了？它刚

· 061

才还在这儿呢。"

"哞——"安德鲁施发出了一声牛叫。

"那佟达呢?"

当着克拉巴特的面,那农夫变回了佟达。

"啊,原来是这样!"克拉巴特恍然大悟。

"是呀,"佟达说,"就是这样。在牲口市场我们得拿安德鲁施撑门面了。"

"你想……把他卖了?"

"这是师傅的意思。"

"那要是安德鲁施真被宰了怎么办?"

"你别担心!"佟达保证道,"卖掉安德鲁施的时候,我们只要把牵他的牛笼头拿回来就行。这样他就可以想什么时候变就什么时候变,想变成什么就变成什么了。"

"要是我们没能拿回笼头呢?"

"你们敢!"安德鲁施大声叫道,"要那样,我这后半生就只能当头牛了,要靠嚼草料度日——你们可千万不要大意,别让我摊上这倒霉事!"

在维缇辛瑙的牲口市场,佟达和克拉巴特牵来的这头牛十分惹眼,引起了不小的轰动。牲口贩子纷纷涌上来,连人带牛团团围住。一些当地人和已经变卖了牲口的乡下人,也都挤过来看热闹。这样膘肥体壮的公牛平日里实在难得一见，因此，更要抓住机会，赶在有人将它在自己鼻子底下牵走前好好看看！

"这头牛卖多少钱？"

围在边上的牲口贩子纷纷找佟达问价，声音一浪高过一浪，把他推来搡去。霍耶斯韦达的一个长着一头卷发的屠夫出价十五块古尔登金币，而来自科尼西斯布吕克的驼背罗伊施奈尔则出十六块。

"少了点儿。"佟达摇了摇头。

少了点儿？围在旁边的人七嘴八舌：这人到底是脑子拎不清，还是把别人都当傻瓜啦？

佟达心想，傻不傻的，人人心里都明白。

"那好吧，"卷毛屠夫说，"我出十八块。"

"十八块？那我还不如自己留着呢。"佟达嘟囔了一句。后来科尼西斯布吕克的罗伊施奈尔出价十九块，森夫滕堡的古斯塔夫愿意出二十块，佟达都没有出手。

"那你留着它跟你过一辈子吧！"卷毛屠夫破口大骂。罗伊施奈尔用手戳着自己的额头叫道："谁让我是个死心眼儿呢！这样吧，我出二十二块，一口价！"

眼看这桩买卖就要僵住了，这时，一个身材完全走形的大胖子从人群中走了过来，他每往前挪动一步都跟海象似的连呼带喘。那张蛤蟆似的脸被汗水浸泡得油光发亮，一双圆鼓鼓的眼睛冒着凶光。胖子身穿一件钉着银扣的绿色外套，里面红色天鹅绒马甲的口袋上挂着一根阔气的表链，而最显眼的是他腰带上那鼓鼓囊囊的钱袋子。

这人是从卡门茨来的牛贩子，在十里八乡的牲口贩子中，数他最有钱，也最精明。他将罗伊施奈尔和古斯塔夫推到一旁，扯着洪亮的粗嗓门大声喊道：

"怎么搞的？真是活见鬼了！这么壮实的公牛怎么能落到一个干瘦的乡巴佬手里呢？我出二十五块买下了！"

佟达挠了挠耳根，说道："少了点儿，先生……"

"少了点儿？大伙儿听听！"

牛贩子掏出一个银制的鼻烟盒，打开盒盖，将它递到佟达面前。"来一点儿？"他自己先吸了一点儿，然后让这索布族老头儿也嗅了嗅。

"阿——嚏！这可是真货！"

"祝您健康，先生……"

牛贩子用一块方格子大手帕擤了擤鼻涕，说道："好吧，那我出二十七块，该死的！牵过来吧！"

"少了点儿，先生。"

牛贩子气得满脸通红。

"喂，你把我当什么了？出二十七块古尔登金币买你一头牛！这可不是个小数目！我可是卡门茨来的牛贩子！"

"三十块，先生，"佟达说，"给三十块这牛就归您了！"

"你可赚大发了！"牛贩子大声嚷嚷道，"是想让我破产啊？"他转动着眼珠子，拼命绞着双手，"你还有良心吗？是瞎了，还是聋了？难道完全不了解我们这种可怜的生意人的难处？老头儿，你发发善心吧！我出二十八块，你把牛卖给我算了！"

佟达仍不为所动。

"三十块！就这个价了！这牛多棒啊！少一个子儿我也不会卖的。您不知道，我有多舍不得这头牛，就算要卖掉亲生儿子，也没这么难受啊。"

牛贩子看明白了，再讨价还价也没用。不过，这牛确实很不一般，就别跟这死脑筋的索布族老头儿瞎耽误工夫了。

"牵过来吧，该死的！"他大声说道，"谁让我今天心软，让人牵着鼻子走呢。唉，我这人就这毛病，总是容易对穷人发善心。把手伸过来吧——好，成交！"

"成交！"佟达说。

接着他摘下帽子，让牛贩子将三十块金币一块一块放进去。

"你跟着数了吗？"

"数了。"

· 065

"那你拿着吧，索布族小老头儿！"

牛贩子揪住安德鲁施的笼头，就想将他拉走。佟达连忙抓住那胖子的胳膊。

"又怎么啦？"牛贩子问。

"是这样……"佟达有些难为情地说，"还有点儿小事。"

"什么事呀？"

"先生，要是您能将牛的笼头留给我的话，那就太谢谢您了……"

"笼头？"

"不错，其实就是为了留个念想。先生，您是知道的，我多舍不得它呀。我这儿准备了一根牛绳，方便您牵它走。我可怜的牛，现在归了别人了……"

佟达从腰间取下预备好的麻绳，替下牛的笼头，牛贩子耸耸肩在一旁看着。然后，牛贩子便牵着安德鲁施走了。刚到第一个拐角处那贩子就忍不住窃笑起来，因为他虽然花三十块古尔登金币买下了安德鲁施，但还是物有所值。因为在德累斯顿，将这头膘肥体壮的公牛以高一倍的价格卖出去，肯定不是什么难事，也许还能卖得更多呢。

在泰西豪森后面的森林边，佟达跟克拉巴特在草地上坐下，等着安德鲁施。他们在维缇辛瑙买了熏板肉和面包，此刻正好享用。

"你可真行!"克拉巴特对佟达说,"你该看看,自己是怎样千方百计将金币从那胖子手里蒙来的:少了点儿,先生,少了点儿……幸亏你及时想到了换笼头的事,要是我,早就忘到九霄云外去了。"

"习惯成自然嘛。"佟达轻描淡写地说。

他们撕下一块熏肉和面包,用克拉巴特的罩衫包起来,留给安德鲁施,然后打算在草地上躺下歇一会儿。肉足饭饱,加上一路长途跋涉,他们早已疲惫不堪,很快便沉沉睡去了。直到"哞——"的一声牛叫将他们唤醒,睁眼一看,安德鲁施已经出现在他们跟前了。他又变回了人形,而且看上去浑身上下啥毛病也没有。

"喂,你们在这儿呢!真够可以的,睡得跟死猪似的。难道你们都没给我留点儿吃的?"

"留了熏板肉和面包。"佟达说,"你坐过来,哥们儿,赶紧吃点儿东西!牛贩子后来把你怎么样了?"

"还能怎么样!"安德鲁施嘟囔道,"这大热天当牛可不是件享福的事!在乡间土路上走了好几里地,光灰土都吃饱了,那滋味不难想象吧?更别说我压根儿就不习惯这事。不过,当牛贩子把我牵到奥斯林村的小酒馆歇脚时,我就没那么窝火了。那酒馆老板看见我们走过去,大老远就打招呼:'瞧瞧!卡

· 067 ·

门茨的老表来了！最近好吧？还在发财？'牛贩子说：'还好，只是这大热天快把人渴死了！''这个我们有办法！'老板说，'快进屋吧，来，坐到主人桌这边来！地窖里有的是啤酒，你喝上个七七四十九天也喝不完，保准喝不完！''那牛呢？'胖子问，'我这头值三十块古尔登金币的牛怎么办？''我们把它牵到牛棚里去，那里有吃有喝的，管够！'——当然他们给我准备的是草料……"

安德鲁施用小刀割下一块熏肉，闻了闻才送进嘴里，然后继续说道：

"他们把我牵到牛棚里，酒馆老板对女仆说：'喂，卡特尔，好好照看卡门茨老表的牛啊！可别让它在咱这儿掉一点儿膘！''好嘞。'卡特尔说着捧了一捆干草放进饲槽里。当牛作马的罪我实在受够了，想也没多想，就开口说人话了：'草料你们留给自己吃吧，给我来一份配炸丸子和酸菜的烤猪肉，外加一大杯啤酒！'"

"啊！你这家伙！"克拉巴特惊叫道，"那后来呢？"

"你听我说呀，"安德鲁施说，"那三个人在我面前吓得一屁股坐到地上，大喊救命，好像被铁扦扎了似的。接着，我冲着他们'哞——'地叫了一声，算是道了个别。后来，我就变成一只小燕子飞出了牛棚，叽叽喳喳，叽叽喳喳。这就是事情的全过程。"

"那牛贩子呢?"

"让他和他的牲口买卖见鬼去吧!"安德鲁施一把抓过牛鞭,奋力一甩,像是在加强语气,"很高兴,我又全须全尾地回来了。"

"我也很高兴。"佟达说,"你干得漂亮——至于克拉巴特,我想,他也从中学到了许多东西。"

"可不是嘛!"克拉巴特兴奋地大声说道,"现在我知道了,会变魔法是件多好玩儿的事情!"

"好玩儿?"佟达神情严肃地说,"你也许是对的吧——有时会魔法也挺好玩儿的。"

军乐齐鸣

　　为了争夺波兰的王位，萨克森选帝侯与瑞典国王之间的战争经年不息。可要维持战事，除了金钱和枪炮，还需要不断补充兵源。因此，选帝侯常派人到乡下四处敲锣打鼓，招兵买马。战争初期，倒有许多小伙子自愿去吃兵粮。到后来，就不得不采取点儿"胡萝卜加大棒"之类的"辅助手段"了。可是，被指派去征兵的人，并非一心为了选帝侯的军队，更多的是因为每招来一个士兵，他们都能得到一笔特殊的人头费。

　　一个初秋的夜晚，一支征兵的小分队在科泽尔布鲁赫迷了路，这支队伍的成员有德累斯顿陆军步兵团的一名少尉，一名长着大胡子的下士，两名二等兵，一名鼓手——他背着一面鼓，像驮着个筐子。这时，天色已晚，师傅骑马外出了，得三四天才会回来。磨坊的雇工间里，伙计们正百无聊赖，懒洋洋地想着该怎样打发这一天里剩下的时光。突然，有人在拍磨坊的大门。佟达出去一看，门外站着少尉和他的士兵。少尉说："本人是归属于至高无上的选帝侯殿下的一名军官,我们迷了路,决定在这该死的磨坊里临时住一晚——听明白了吗?"

"明白了,阁下。有的是草铺,够你们所有人睡的。"

"让我们睡草铺?"下士没好气地问,"你疯了吧,小子?听着,把这磨坊里最好的床铺给队长大人睡,去!别拖拖拉拉的!要是敢让我们的床铺有一丁点儿差池,看我不宰了你!还有,我们早就饿了,快准备好餐桌,厨房里有什么吃的喝的,赶紧伺候着。啤酒和葡萄酒都行,只要管够,必须够吃够喝!不然我亲手敲断你的骨头。去吧!赶紧的!否则我剥了你们这些瘟鬼的皮!"

佟达透过牙缝发出嘘的一声,声音短促而微弱,可房间里的伙计们都听到了。当佟达领着这几个征兵的人走进房间时,里面已经空无一人。

"军爷们请坐!吃的东西马上端上来。"

这些不速之客在雇工间坐下后,纷纷解开领带,松开绑腿,一副很爽的样子。这时伙计们却凑在厨房里一起商讨对策。

"这群扎辫子的猴子!"安德鲁施叫骂道,"他们以为自己是谁呀!"

他已经想出了个计策,所有伙计,包括佟达,都举双手赞成。有米切尔和麦尔腾打下手,安德鲁施和斯塔施科很快准备好了食物:三大碗麦麸皮和锯屑煮的粥,还掺了变质的亚麻籽油，再撒点儿烟草末儿当作料。尤洛跑进猪圈，找到两块准备当猪食的霉面包，藏到腋下拿回厨房。克拉巴特和汉佐则将雨水桶里发臭的屋檐水装到五个啤酒罐里。

一切准备就绪后，佟达走进雇工间对那帮丘八说饭菜已备齐，如蒙恩准，随时呈上。随后，他打了个响指，这是一种特别的响指声。

佟达先让人端上来三大盆食物："希望军爷们满意，这是加了牛肉和鸡杂的面汤，那是一碗羽衣甘蓝菜煮牛下水。还有一碗是蔬菜——里面有白豆子、烤洋葱和猪油渣……"

少尉伸长脖子闻了闻，一时不知从哪碗下手。

"嗯，你端上来的东西不错，我先尝尝汤吧。"

"还有火腿和熏肉。"佟达指着尤洛端上来的霉面包说。

"可还是少了一样最重要的东西！"下士提醒道，"吃熏肉容易口渴，渴了总得喝点儿什么吧，就算年轻力壮，渴久了也容易长疥癣，得霍乱！"

在佟达的示意下，汉佐、克拉巴特、培塔尔、吕施科和库柏齐步走进来，每人手中都捧着装满屋檐水的啤酒罐。

"向您致以崇高的敬意，尊敬的队长阁下，祝您健康！"下士一口气喝完了一大罐臭水，然后捋了捋胡子，打了个响嗝说道，"真不赖，这酒——凭良心说，不错！这玩意儿是自酿的吗？"

"不是,"佟达说,"是从特劳弗尔村的酿酒坊买的。大人,请允许我向您禀明。"

这个夜晚真是妙趣横生,军爷们酒足饭饱,伙计们却暗自觉得好笑,因为他们发现,这帮人对自己吞下肚子的东西毫不知情。

雨水桶很大,屋檐水足够将喝空的啤酒罐子一次次装满。渐渐地,这帮丘八的脸都红了。那个跟克拉巴特年纪相仿的小鼓手喝到第五罐时,已经醉得像面口袋似的前后晃动,只听嘭的一声,他一头栽倒在桌上,很快鼾声大作。其他人继续开怀畅饮,酒兴正酣时,少尉瞟了一眼面前的磨坊伙计们,心中暗暗盘算:要是把他们全都领回军营,自己能捞到多少人头费。

"我说,你们别在磨坊干了,去当兵如何?"少尉一边晃着手中的啤酒罐,一边高声说道,"在这地方当伙计一辈子没出息,一文不值,臭狗屎一坨。可一旦当了兵……"

这时下士也猛然想到了正事,他用拳头狠狠捶了一下桌子,把正在酣睡的鼓手吓了一跳。下士抢过话头说道:"一旦当了兵,能拿到固定的军饷,还有一帮好兄弟。而且在街坊四邻面前,尤其是大姑娘、小寡妇眼里,我们这些穿军装的人多威风呀!瞧瞧,这军大衣上的镍扣,还有这绑腿,看看,都一直绑到膝盖上边去了!"

"那要是打仗呢?"佟达问道。

"打仗？"少尉大声说道，"打仗对于士兵来说，可是求之不得的好机会。只要足够勇敢，再加上一点儿好运气，荣誉和战利品就都是囊中之物。还有可能获得勋章，并会因为军功而晋升为下士，甚至中士……"

"有的人，"下士接着吹道，"有的人在战争中从普通士兵被提拔为军官，甚至将军呢！我说的绝对是真话，要有半句假话，我吃什么吐什么！"

"别犹豫了！"少尉说，"跟我们去军队吧！我招你们为新兵了，握手成交吧！"

"成交！"佟达握了握少尉伸过来的右手，米切尔、麦尔腾和其他伙计都一一过来跟少尉握手。

少尉眉开眼笑，下士已经有点儿站不住了，不过还是晃晃悠悠走过来，逐一查看磨坊小伙子们的门牙。

"让我瞧瞧！真见鬼，还得看看牙口结实不结实！大家也知道，当兵的门牙必须结实，要不打仗时咬不开弹药盒，就没法施展所学的本领，向至高无上的选帝侯殿下的敌人开火，那不是太愧对咱们的军旗了？"

磨坊小伙儿个个合格，下士只是对安德鲁施有点儿拿不准。他用大拇指在安德鲁施的门牙上按了按，推了推，没想到就出事了。

"真是见鬼了！"下士拔出了安德鲁施的两颗牙，"你这不是捣乱吗！长着这么一口老太太牙还想吃军饷？给我滚一边去，你这废物点心！省得我压不住火！"

安德鲁施却并不生气，还是一副好脾气的模样。

"这是我的牙齿，"他说，"假如您允许的话，请还给我。"

"拿去插在你的帽子上吧！"下士叽咕了一句。

"插在帽子上？"安德鲁施问道，他好像没听明白，"那可不行！"

他要回牙齿，在上面吐了口唾沫，然后将它们安回到原来的位置。

"这会儿它们肯定比从前瓷实多了。大人，您信吗？"

伙计们都幸灾乐祸地笑了，下士气得青筋直跳。可少尉想到的却是人头费，他可不想轻易放弃安德鲁施：

"快，再拽一拽他的牙试试！"

下士虽然不情不愿，但还是乖乖服从命令，上前去扯安德鲁施的牙齿。可奇怪的是，这一次，不管他用多大的力气掰，安德鲁施的牙齿都纹丝不动，最后，下士用短烟管的嘴子套在安德鲁施的牙齿上，都没能把牙齿撬出来。

"这事太蹊跷了！"下士累得上气不接下气，"太古怪了！不过，现在对我来说反正没什么两样。这麻鼻头可不可以当兵，我可定不了，还是大人您说了算……"

少尉挠了挠耳朵，他也喝迷糊了，眼前这事让他有些摸不着头脑。"明天再决定吧!"他说,"动身前我们再把这小子喊过来好好收拾一顿。"说完,他提出要去睡觉。

"遵命,"佟达说,"我们已经给大人铺好了床铺,这里平常是我们师傅睡的。下士大人就在客房歇息吧,那两位二等兵和鼓手该怎么安排呢?"

"那……那……就甭费心了!"下士说话都不利索了,"让……让他们钻草堆,睡草铺……对……对他们来说,就已经很不错了!"

第二天早晨少尉醒来时,发现自己睡在屋后一个装满萝卜的大木头箱子里,下士是在猪食槽里醒过来的。两位老爷破口大骂,大发雷霆。十二个磨坊伙计闻讯齐刷刷冲过来,人人满脸无辜,一副不知道做错了什么的样子。

伙计们七嘴八舌地说他们也搞不清眼前究竟是怎么一回事,昨天夜里分明是按照吩咐,将大人们妥善安置好的。莫不是大人们患了夜游症?从这情形看,大人们昨天夜里是梦游了,至少可以判断,是他们喝多了。不过还算万幸,老爷们在磨坊四处游荡的时候,没有磕到哪儿,碰坏哪儿,要不就更惨了!不过,听老一辈人说过,孩子、傻瓜和醉汉往往都有天使暗中守护呢……

"都给我闭嘴!"下士高声呵斥道,"赶紧滚,去做好动身准备!你!麻鼻头!你给我过来,让我检查一下你的牙齿!"

安德鲁施的牙齿一点儿毛病都没有,少尉没有多加考虑,便决定让安德鲁施入伍当兵。

吃完早饭,征兵小分队带领新兵开拔了。他们一路前往卡门茨,目的地是团部驻地。少尉领头,鼓手紧随其后,磨坊伙计们列队跟随,然后是两名二等兵,走在队伍最后面的是下士。磨坊伙计们个个兴致勃勃,而与他们同行的军爷们却似乎情况不妙。行军的时间越长,他们的脸色就越苍白、蜡黄。而且他们还越来越频繁地分头蹿到路边的灌木丛里去拉稀。克拉巴特和斯塔施科走在队伍的后边,他们听到一个下等兵对另一个抱怨道:

"天晓得是怎么回事!哥们儿,我怎么觉得自己像吃了十磅糨糊似的,肚子难受得不行!"

克拉巴特跟斯塔施科互相交换了一下开心的眼神。"那可不嘛,"他暗自想道,"锯屑做的粥,霉面包做的熏肉,烟草末儿做的作料,吃了不难受才怪!"

到了下午,少尉命令大家在一片桦树林边再休整一下。

"从这里到卡门茨只剩下四分之一里的路程了。有谁想去方便一下的,赶紧去,这可是最后一次机会了。——下士!"

"大人请吩咐!"

"让他们把东西都整理好,别东倒西歪的,搞乱了队形。一会儿可要进城了,他们必须步伐整齐,踩着鼓点!"

· 077 ·

经过短暂的休整，队伍重新向前进发。这一次，鼓声和小号齐鸣。

哪儿来的小号声？

原来是安德鲁施，他将右手握成喇叭状，放在嘴边，鼓起腮帮子，吹起了瑞典步兵行军号。他的号声比世间最出色的号手用最高级的圆号吹出来的声音都要悦耳。

这号声感染了其他磨坊伙计，他们也纷纷演奏起来：佟达、斯塔施科和克拉巴特吹长号；米切尔、麦尔腾和汉佐吹次中音号，其他人分别吹小号和大号，尤洛演奏邦巴东号。尽管大家像安德鲁施一样，都是用手当号，然而，那乐声听起来仿佛出自整个瑞典皇家军乐队。

"别吹了！"少尉张嘴想喊。"住嘴，你们这帮捣蛋鬼！别吹了！"下士也试图吼叫。可是他们咧咧嘴，却一个字也喊不出来。他们想跟平常一样，挥舞手杖把新兵狠抽一顿，却举不起手来。

他们只能随着队伍往前走，一个在队前，一个在队尾。无论怎么咒骂和祈祷都无济于事。

队伍在一片鼓号声中进入了卡门茨，他们在街上遇到的所有士兵和居民个个笑脸相迎。孩子们欢呼雀跃地从四面跑过来，临街的窗户都打开了，卡门茨的姑娘们都向他们招手致意，频抛飞吻。

伴随着军乐声,佟达跟他的伙计们与护送他们的兵爷们一道,在市政广场绕了几圈。很快,广场周围挤满了围观的群众。直到最后,这可恶的瑞典军乐曲引起了驻军长官的不安。这位长官叫克里斯蒂安·勒伯勒希特·菲尔希特哥特·艾德勒·冯·兰特沙墩－普美斯托福,他是至高无上的萨克森选帝侯麾下的德累斯顿步兵团上校团长。这位年迈的军官,在历经漫长的军旅生涯后,渐渐成了一个发福的老兵。

冯·兰特沙墩－普美斯托福上校拖着沉重的脚步来到了广场,身后跟着三位校级军官和众多传令兵。他准备用最恶毒的咒骂,来发泄自己对眼前这场闹剧的怒气,可是一张口,却什么也说不出来。

安德鲁施完全不把上校放在眼里,竟然带领伙伴们开始演奏瑞典骑兵《分列式进行曲》。可以想象,老上校作为萨克森选帝侯的忠勇步兵,会被气成什么样子了。不仅如此,由于骑兵《分列式进行曲》不适合步兵行进的节奏,磨坊伙计们跟他们的护送者还一道练起了骑马小跑的步伐,这情形看起来相当滑稽——只是在上校眼里却根本不好笑。

上校气得说不出话来,像落网的鲤鱼一样张口喘着气。他不得不眼睁睁看着十二名新兵伴随着敌方的骑兵军乐在广场上又蹦又跳。可最令人不解的是,那护送新兵的少尉也像着了魔一样,将马刀夹在胯下,像把棍棒当木马骑的淘小子那样向前一蹦一跳。作为萨克森选帝侯的军官，少尉竟然能做出这种颜面扫地的事，也就怪不得他手下的二等兵和下士会恬不知耻地跟着蹦蹦跳跳了。

"骑兵队，立定！"吹完军乐曲最后一个音符后，佟达命令大家停下来。接着，磨坊伙计们依次在上校面前列队站好，挥帽向上校致意，并露出幸灾乐祸的笑容。

冯·兰特沙墩－普美斯托福上校走到他们跟前，一通咆哮，那动静就像十二个下士一齐扯开了嗓门：

"真见鬼了！你们脑子进水了？该死的，竟敢在光天化日之下，大庭广众之中，要这么一场猴把戏！哪儿来的一群无赖？竟敢对我嬉皮笑脸！我告诉你们，我是这个军功赫赫的步兵团的上校，身经三十七场大战役，打过一百五十九次小仗，功名卓著——我正告你们，我要把你们这群无法无天的小丑通通驱逐出去，把你们交由军中执法官处置，用长矛刺着，将你们赶走，我……"

"说够了吧！"佟达打断了上校的话，"省省你的执法官和长矛吧！现在站在你面前的这十二个人，压根儿就不想当这劳什子兵！只有那样的笨蛋，"他指了指少尉，"还有像他那样的蠢猪，"他又指了指下士，"才适合在军中混日子，只要他们不死于枪炮之下。可我们，我跟我的伙计们，却完全是另一种人。我们对你的这种装腔作势，以及所谓的至高无上的选帝侯本人完全不屑一顾，你尽管将这一切禀报选帝侯本人，悉听尊便！"

话音刚落，十二名小伙子变成乌鸦，腾空飞起，然后高叫着，在市政广场绕"8"字形低飞了一圈。他们离开前，上校大人的头上和肩上覆盖的不再是象征荣誉的头盔和肩章，而是乌鸦黑压压的影子。

怀 念 师 兄

十月的下半月,天气再次回暖,阳光依旧灿烂,似乎有些晚夏的感觉。磨坊伙计们打算趁着好天气去取几车泥炭。尤洛套好牛车,吕施科和克拉巴特往车上装了许多木条和木板,还放了两辆手推车。不一会儿,佟达也过来了,他们一起出发了。

泥炭采挖地在黑水河对岸的科泽尔布鲁赫沼泽地的台地。夏天的时候,克拉巴特跟另外几个人在那里干过活儿,那是一年中最热的时节。米切尔和麦尔腾不大会用叉铲和泥炭刀,克拉巴特帮他们一起将黑黝黝、油亮亮的泥炭切成砖块,再用手推车从坑里运出来。

艳阳高照,路边的小池塘里满是桦树的倒影。沼泽地里的小山包已经泛黄,杜鹃花早就凋谢了。丛林里稀稀落落挂着几颗发红的浆果,像四处散落的血滴。树枝间偶有一道一道的银光闪现,那是蜘蛛一年里结的最后的网。

克拉巴特想起了从前,想起了在故乡欧特里希的童年:在这样的秋日，他们通常会在林子里拾柴火、捡松果。十月里，有时还能采到蘑菇：蜜环菌、乳菇和红菇。——这回还会不会采到蘑菇呢？天气倒是够热的……

他们来到了采挖泥炭的台地，尤洛拉住牛车，说道："卸车吧！咱们到了。"

他们在黑水河上选了一处最窄的地方，固定好几根桩子，再在上面铺设木板，木板按长度依次一块块安放好，形成一条行车道。为了防止木道下陷或者在松软处沉降，斯塔施科还在木道下面加了几根圆木。可从这木板车道到泥炭采挖地的距离比他们预计的更远。尤洛提出去取更多的木板，但斯塔施科认为没有必要。他从就近的桦木上折下一根树枝，然后走上木车道，一面念着魔咒，一面按照咒语的节奏用桦树枝拍打着脚下的木板。这时，只见木板渐渐往前延伸，一直伸到泥炭采挖场。

克拉巴特完全被眼前的景象征服了，他高声说道："我真搞不懂，咱们为什么还要这样费劲巴拉地干。需要我们亲手干的，完全可以通过魔法完成啊！"

"的确是这样，"佟达说，"可你有没有想过，那种凡事靠变魔法便能手到擒来的日子，过不了几天就会让人腻歪的。成天无所事事，可不是长久之计，除非你一天到晚甘自堕落。"

泥炭采挖场边上有一个木板棚，里面码放着去年风干的泥炭砖。伙计们用小推车将它们运到牛车旁，尤洛负责装车，等车全部装满，他爬上牛车的座板，吆喝一声："驾——"公牛便懒洋洋、慢吞吞地朝磨坊走去。

趁尤洛往返的空当，佟达、斯塔施科和克拉巴特将夏天铲出来的泥炭砖搬回木棚，并将砖削切利索，码放整齐。他们不用着急赶工，于是克拉巴特产生了一个想法，他问佟达和斯塔施科，自己可不可以离开一会儿。

"你想去哪儿？"

"去采蘑菇呀！你们只要吹声口哨，我立马就回来。"

"你以为还能找到蘑菇呀……"

佟达同意了，斯塔施科也没意见。

"但愿你能找到！"佟达大声喊道，"带把长刀去！"

"要是我有，当然愿意带着。"克拉巴特说。

"那把我的刀借给你吧，"佟达说，"拿着，可别弄丢了！"

佟达教克拉巴特怎样按动刀柄，打开刀子。啪的一声，刀锋弹了出来，黑黑的，好像佟达曾经将它放在点燃的蜡烛上熏过似的。

"你试试！"佟达将刀子重新收起来，然后递给克拉巴特，"让我看看，你会不会使！"

可当克拉巴特按出刀锋时，原来的黑色不见了，锐利的刀锋闪闪发光。

"你怎么搞的？"斯塔施科问。

"没，没怎么呀。"克拉巴特辩解道，他觉得自己大概看走了眼。

"那你赶紧去吧！"佟达催促道，"要不然蘑菇们听到了风声，还不都溜了？"

他们在泥炭采挖场待了四天，克拉巴特先后四次跑出去找蘑菇，除了桦树上残存的几朵棕黑发硬的蘑菇，他一无所获。

"别难过了，"斯塔施科说，"都到这季节了，你就别指望还能找到什么了。除非略施小计……"

他念了一套魔咒，然后伸开双臂，原地转了七圈。刹那间，只见泥炭采挖场长出了七十朵蘑菇。它们像鼹鼠一样从地底下冒了出来，一朵挨着一朵，像仙人圈一样排列成环状：牛肝菌、红帽菇、棕帽菇、桦菇、兰菇……朵朵结实新鲜。

"太棒了！"克拉巴特惊叹道，"你得把这魔法教给我，斯塔施科！"

他拔出刀子，冲向蘑菇，准备把它们都收集起来。可是，还没等他碰到蘑菇，它们就都纷纷缩成一团钻到地下去了，速度飞快，好像有许多根线在拉它们下去似的。

"别呀！"克拉巴特惊叫道，"别！"

可这时那片蘑菇已经不复存在了，消失得无影无踪。

"你千万别难过，"斯塔施科劝慰道，"这种随手变出来的蘑菇像苦胆汁一样苦，特别难吃，只会败坏胃口！去年老有这种蘑菇，差点儿没吃死我。"

第四天晚上，斯塔施科跟尤洛坐最后一趟运泥炭砖的车回去了，佟达和克拉巴特抄近道步行回磨坊，他们选了一条横穿沼泽的小路。这时，泥炭采挖场和附近的沼泽上空已经升起了第一阵夜雾。当他们终于踏上"荒滩"附近的坚实地面时，克拉巴特感到很兴奋。

从现在起他们可以并排走了。"荒滩"是磨坊伙计们一直回避的地方，究竟是何缘故，克拉巴特不得而知。他忽然想起自己那个关于逃离磨坊的梦。那个梦不是正好跟佟达有关吗？——梦中的佟达就被埋葬在这里。

谢天谢地，佟达这会儿还活得好好的，正跟他肩并肩往前走呢。

"我想送样东西给你，克拉巴特。"佟达从口袋里掏出折叠刀，"你留着做个念想吧！"

"你要离开我们吗？"克拉巴特不解地问。

"也许吧。"佟达说。

"那师傅呢？他可不会放你走的！"

"可有的事该发生时就会发生。"

"别这么说！"克拉巴特大声喊道，"你可一定得留在我身边!没有你在磨坊我怎么待得下去呀?"

"生活中总有些无法预料的事会发生,"佟达说,"克拉巴特,我们总得面对呀。"

所谓"荒滩",其实是一块空旷的四方形场地,差不多跟打谷场一样大。它的四周长着一圈奇形怪状的赤松。在苍茫的暮色中,克拉巴特看到了一排长方形的、整齐的小土堆,像是废弃墓园中的坟堆。坟上荒草萋萋,显然无人打理。既无十字架,也没有石碑——这究竟都是谁的坟呢?

佟达忽然停住了脚步。

"拿着吧!"他把折叠刀递给克拉巴特,克拉巴特知道这是一件自己无法拒绝的礼物。

佟达说:"这刀子有一种特殊的功能,你必须了解清楚。一旦遇到危险——我是说,真正的危险——你一打开它,刀刃就会立即变色。"

"是变成——黑色吗?"克拉巴特问。

"是的,"佟达说,"就像被烛火熏过一样。"

没有牧师,也没有十字架

金秋尚未过去,早冬便匆匆来临。万圣节过后两个礼拜,天就开始下雪了,白雪覆盖了最后一丝秋色。清除积雪,保持通往磨坊的道路畅通,又成了克拉巴特的日常工作。尽管是雪天,但在接下来的那个新月之夜,教父大人还是赶着马车穿过白雪覆盖的草地,向磨坊疾驶而来。车轮不但没有陷在积雪中,甚至都没在雪地上留下一丝痕迹。

冬天对于克拉巴特来说倒也无所谓,更何况,虽然大雪纷飞,天气却并不寒冷,只是他发现伙计们的情绪似乎很受影响。时间一个礼拜接一个礼拜地过去,大伙儿越来越烦躁不安。随着年关的临近,他们愈发难以相处,成天像生鸡蛋一样碰不得,跟火鸡一样易怒,为一点儿鸡毛蒜皮的小事就会争执不休,就连平常爱玩闹的安德鲁施也不例外。

有一次克拉巴特因为闹着玩儿领教到了这点。那天兴许是手痒吧,他抓起一个雪球向安德鲁施扔去,把他的帽子碰飞了。

安德鲁施立即怒不可遏地扑了过来，要不是佟达适时出现，将他俩分开，克拉巴特肯定免不了被暴揍一顿。

安德鲁施破口大骂道："你真行啊，臭小子！嘴上毛都没长齐呢，竟敢厚着脸皮来惹老子。等着瞧，下次再敢这样，老子让你吃不了兜着走！"

与别的伙计不同，佟达对大家却一如既往地宽容、友善，只有克拉巴特能看到他脸上偶尔露出的忧伤，尽管他竭力掩饰。

"没准儿他是在思念自己心爱的姑娘吧。"克拉巴特猜想。这时候，尽管他并不情愿，施瓦尔茨科尔姆村的康朵尔卡又浮现在他的脑海里。他已经很久没有想起这个姑娘了，觉得自己最好彻底忘了她，可是，怎样才能做到呢？

圣诞节来临了，可对于磨坊伙计们来说，这一天跟平常的日子没啥两样，他们麻木而闷闷不乐地去上工。克拉巴特为了调动一下大家的情绪，特地从林子里取来一些冷杉枝，把餐桌装点了一番。不料当伙计们进来吃饭时，却个个勃然大怒。

"这是什么意思呀？"斯塔施科大吼道，"赶紧把这破烂玩意儿拿走，扔了！"

"赶紧弄走！"大家七嘴八舌地嚷嚷道，就连米切尔和麦尔腾都开始叫骂了。

"谁把这玩意儿弄进来的？立马把它扔出去！"基托说。

"麻利地给我弄走！"汉佐威胁道，"要不我打得他满地找牙！"

克拉巴特试图平复一下大家的情绪，解释一下自己的意图，可培塔尔根本没让他张口。

"弄走！"他粗暴地打断了克拉巴特的话，"你是不是等着我们棍棒伺候啊！"

克拉巴特只好乖乖照办，不过心里特别窝火。见鬼！自己究竟做错什么啦？难道刚才发生在他身上的只是个偶然事件？磨坊里最近的确气氛压抑，纷争不断，而且总是无缘无故开始，又莫名其妙结束。再说他也没有忘记自己的身份，当学徒总免不了要受些委屈。可奇怪的是他以前从未感受过这些，入冬以来才人人都找他的碴儿。难道余下的学徒时光都要这么挨下去吗？还要忍上整整两年？

克拉巴特寻了个机会问佟达，伙计们到底是怎么回事。

"他们到底怎么了？"

"害怕呀。"佟达的眼光闪烁游移。

"怕什么呀？"克拉巴特急切地想知道。

"我不能谈论这些。"佟达说，"你知道这些还太早了。"

"那你呢？"克拉巴特问，"佟达，你难道不害怕吗？"

"比你想象的要害怕多了。"佟达耸耸肩说道。

新年前夜，大伙儿上床的时间比平常早。一整天师傅都没露面，没准儿又待在"黑室"里，平日里他时常会将自己锁在里面。或许他乘马拉雪橇出门了。反正没人惦记他，更没人提到他。

晚餐过后，伙计们都一声不吭地回到阁楼，爬上草铺。克拉巴特像平常那样跟大家道了声"晚安"，他觉得这是学徒该有的本分。

可今晚大家对此似乎感到特别生气，培塔尔冲他大吼："闭上你的臭嘴！"吕施科还朝他扔了一只鞋。

"哎哟！"克拉巴特大叫着从床铺上蹦了起来，"你轻点儿！道声'晚安'都不行呀……"

紧接着，第二只鞋又冲他扔了过来，从他的肩头擦过，第三只鞋被佟达挡住了。

"你们放过他吧！"佟达请求道，"今夜总会过去的。"

然后，他转身冲克拉巴特说：

"赶紧躺下，孩子，别再吭声了。"

克拉巴特乖乖躺下，佟达给他盖上被子，将手放在他的额头上说："睡吧，克拉巴特，愿你顺利迈进新的一年！"

平日里克拉巴特总是一觉睡到大天亮，除非有人将他叫醒，可这天午夜他却自个儿突然醒了。令他诧异的是，阁楼上的灯还点着，其他伙计也都醒着，他目光所及的所有人都睁着眼睛。

大伙儿都躺在床上，似乎在等待着什么事情发生。一个个大气都不敢出，一动也不敢动。

屋子里死一般地寂静，一点儿动静都听不到，克拉巴特都疑心自己是不是聋了。

然而他并没有聋，突然间，他听见了一阵撕心裂肺的叫喊声，很快楼下走廊里传来一阵扑腾声。接着伙计们发出阵阵呻吟，那声音里透出来的一半是惊恐，一半是解脱。

发生了什么不幸的事情吗？

是谁在濒死的绝望中发出了痛苦的号叫？

克拉巴特没顾上多想，猛地跳下床，朝阁楼的门口奔去，他想冲下去看个究竟。

可门从外面闩上了，无论他怎样拼命摇晃，就是打不开。

这时有人走过来，从身后搂住他的肩膀，跟他说话。他听得出来，这是尤洛的声音，傻瓜尤洛的声音。

"过来，"尤洛说，"上床睡觉去吧。"

"可那叫喊声……"克拉巴特上气不接下气地说，"刚才有人在号叫啊！"

"你以为大伙儿都没有听见吗？"

说完，尤洛将克拉巴特拉回到自己的铺位。

其他伙计都蹲在自己的床上，默默睁大眼睛盯着克拉巴特。不对——他们不是盯着克拉巴特！

他们的眼光从克拉巴特身上飘过，直愣愣地盯着佟达睡觉的地方。

"佟达……佟达不在了吗？"克拉巴特问道。

"不在了，"尤洛说，"你赶紧躺下吧，想法儿再睡一觉。听着，别再号了，再哭也没有用。"

元旦早晨，大伙儿发现了佟达，他脸朝下趴在阁楼的梯子脚下。伙计们似乎并不感到意外，只有克拉巴特完全不能接受佟达惨死的事实。他哭泣着扑倒在佟达的遗体上，大声呼喊着他的名字，边哭边哀求道：

"你说话呀，佟达，求求你，开口说句话吧！"

他伸手去抓佟达的手，昨夜入睡前这只手还曾放在他的额头上，他还感受过这只手的温度，可此刻它却已经变得僵硬冰凉。这只手在克拉巴特眼里变得那么陌生。

"你起来！"米切尔喊道，"我们不能让他躺在这里。"

他跟表兄麦尔腾一道将佟达扛到雇工间，把他放在一块木板上。

"他怎么会死呢？"克拉巴特万分疑惑。

米切尔欲言又止。

"他的脖子……"米切尔结结巴巴地说,"他的脖子扭断了。"

"那……那他可能是下楼时一脚踩空了……夜里太黑……"

"可能是吧。"米切尔说。

他将死者的眼皮合上,又把尤洛拿来的一捆草垫到死者脖子下面。

佟达面色惨白。"这脸看起来像蜡做的。"克拉巴特想,每看一眼,他都忍不住泪如雨下。安德鲁施和斯塔施科将他拉回阁楼。

"都待在这儿吧!"他们说,"在楼下我们也只会碍手碍脚。"

克拉巴特蹲在床边,他还是放心不下佟达,追问现在会怎么处置佟达。

"一旦发生了刚才那种事,"安德鲁施说,"尤洛会负责料理的,也不是头一次了。然后我们会把他埋了。"

"什么时候下葬?"

"我想,应该是今天下午吧。"

"师傅会去吗?"

"这事用不着找他。"斯塔施科的语气很生硬。

下午,他们用一具松木棺材将佟达抬出磨坊,朝科泽尔布鲁赫沼泽走去,一直来到"荒滩"。墓穴显然早已备好,墓壁上挂满冰雪，挖出的土堆上也已被白雪覆盖。

伙计们草草安葬了死者，没有举行任何仪式。没有牧师和十字架，也没有蜡烛和挽歌。他们甚至没有在佟达的坟前多停留片刻。

只有克拉巴特一人留了下来。

他想为佟达诵念一段主祷文，却无论如何也背不全。尽管他试了一遍又一遍，却总也背不出完整的经文，用索布语背不出来，用德语更不行。

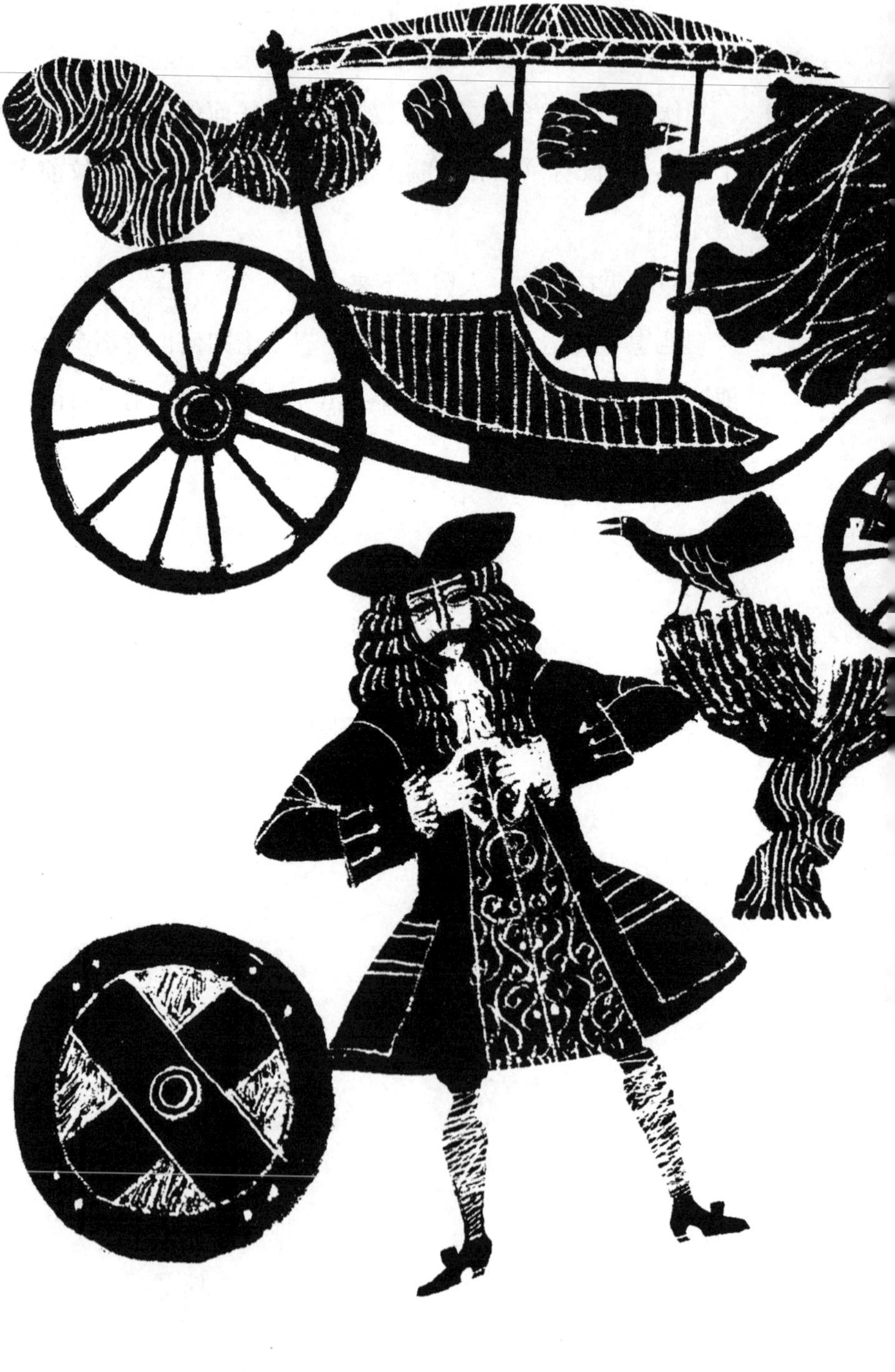

第 二 年

磨坊行规

佟达死后的几天里,师傅一直不见踪影。这期间磨坊里也很安静,伙计们要么在床板上横七竖八地卧着,要么蹲在火炉边取暖。他们茶饭不思,少言寡语,对佟达的死更是只字不提,似乎在科泽尔布鲁赫的磨坊里从未有过一个叫佟达的领班。

佟达的床尾摆放着他的衣物,干干净净,叠放整齐:裤子、衬衣、罩衫、腰带、围裙,放在最上面的是帽子。这些衣物是元旦晚上尤洛拿到阁楼上来的,伙计们都竭力做出一副视而不见的样子。克拉巴特一直沉浸在悲痛中不能自拔,觉得自己被上帝遗弃了,孤苦无依。佟达的惨死肯定不是个意外——他越想越确认这点。一定有什么是自己不知道的,伙计们对他肯定有所隐瞒。可这其中的隐情究竟是什么呢?佟达生前为什么没有向他吐露呢?

克拉巴特心里产生了一个又一个疑问,搅得他心神不宁。

要是有点儿什么事做就好了！这样无所事事只会让他彻底崩溃。

这几天只有尤洛一个人还在一如既往地忙前忙后，生火、做饭，按时按点将饭菜端到桌上，不过，到了最后，大部分食物还是都剩在了碗里。尤洛在过道里跟克拉巴特搭腔，大概已是佟达死后第四天的早晨了。

"能帮我个忙吗，克拉巴特？麻烦你帮我削点儿生火用的木屑。"

"没问题。"克拉巴特跟着他进了厨房。

炉灶旁放着一捆多脂松木，尤洛走到柜子旁准备取刀子，克拉巴特连忙说自己随身带着。

"那更好！不过，你得当心点儿，别削着自己！"

克拉巴特开始动手干活儿，突然间，好像佟达的这把刀给他注入了新的活力。他若有所思地掂了掂手里的刀，新年前夜以来，他第一次重新获得了勇气和信心。

尤洛悄悄走到他身边，抬头看着他说：

"这是你的刀子呀，那你真可以好好显摆一下了……"

"这是个纪念品。"克拉巴特说。

"是姑娘送的？"

"不是。"克拉巴特否认道，"是一个朋友送的，这样的朋友世上不会再有了。"

"你就那么肯定?"尤洛问。

"这点我很肯定,永远都不会有了。"克拉巴特说。

佟达安葬后的第二天早晨,磨坊伙计们一致推举汉佐接替佟达当领班,汉佐接受了。

这期间,师傅一直外出未归,直到三王来朝节的前夜才回来。当时伙计们都已经睡下了,克拉巴特正想熄灯,这时阁楼的门却打开了,师傅出现在门口,他面色惨白,像抹了一层石灰。师傅环顾了一下四周,似乎根本没有发现佟达不在,至少他做出一副没有注意到的样子。

"干活儿去!"他命令道,然后转身走了,而且当天夜里再也没有出现过。

伙计们又还阳似的来了精神,他们蹬掉被子,跳下床,匆匆穿上衣服。

"快点儿!"汉佐催促道,"要不师傅该不耐烦了,你们是了解他的!"

培塔尔和斯塔施科急忙奔向磨坊的池塘,开闸放水。其他人则跌跌撞撞涌进磨坊,有的往漏斗里倒粮食,有的启动磨机。当碾磨伴随着轰隆隆的声响嘎吱嘎吱开始转动时,伙计们的心也随之轻松起来。

"磨轮又转动起来了!"克拉巴特暗自思忖道,"日子还得过下去……"

午夜时分,活儿终于干完了,伙计们回到住处。这时,他们发现佟达的铺位上躺了一个人。这是个面色苍白的小伙子,瘦小的身材,窄窄的肩膀,一头浓密的红发。伙计们围在他身边,将他唤醒——这情形跟一年前克拉巴特初来乍到时一模一样。那红头发小伙子看见床边围着十一个幽灵似的人时,也像当初的克拉巴特一样惊呆了。

"别害怕!"米切尔对他说,"我们是这里的磨坊伙计,你用不着害怕。你叫什么名字?"

"维特科。你呢?"

"我是米切尔,这是汉佐,他是这里的领班。这是我的表兄麦尔腾,这是尤洛……"

第二天早晨维特科去吃饭时,身上穿的是佟达的衣服,衣服很合身,像是为他量身定做的。他似乎没有多想,也不追问这衣服从前是谁的。这样也好,至少能让克拉巴特好受些。

晚上,新来的学徒早早上床了,他白天在面粉房已经累得筋疲力尽。这时,师傅命令伙计们和克拉巴特去他的房间。身穿黑色大衣的师傅端坐在扶手椅上,面前的桌子上点着两根蜡烛,蜡烛之间摆放着一把短柄小斧头,还有一顶黑色的三角帽。

伙计们在他的房间聚齐后,师傅开口道:"我把你们召集过来,完全是依照磨坊的行规行事。你们当中是不是有个学徒?

站出来吧！"

克拉巴特起初没有马上反应过来师傅指的是自己，培塔尔捅了捅他的腰，他这才意识到，连忙向前跨了一步。

"报上姓名！"

"克拉巴特。"

"谁给你担保？"

"我。"汉佐站到克拉巴特身边，"我为这孩子和他的名字担保。"

"一个人不算数！"师傅厉声说道。

"那好吧，"米切尔说着站到了克拉巴特的另一侧，"两人成双，作为证人两个足够了吧。我也愿意为这孩子和他的名字担保。"

接着，师傅与两位担保人之间展开了一场紧张的交谈，其过程严格按照行规和固定的模式进行。师傅问，学徒克拉巴特是否已经掌握了磨坊手艺，他是在何时何地学会的。两位担保人双双保证，克拉巴特已经掌握了磨坊里的所有技艺，而且门门精通。

"你们能担保？"

"我们保证。"汉佐和米切尔回答道。

"好吧，依据磨坊规则和行业习俗，现在我宣布，克拉巴特满师！"

这就满师啦？克拉巴特简直不敢相信自己的耳朵。刚来一年学徒期就结束了？

师傅站起身来，戴上那顶三角帽，然后拿起短柄小斧头朝克拉巴特走去。他一边用斧刃碰克拉巴特的头顶和肩膀，一边高喊道：

"克拉巴特听着！依照行规，在各位磨坊伙计的见证下，作为你的导师和师傅，我现在郑重宣布，你的学徒生涯到此结束。从今往后，作为磨坊伙计中的一员，你要谨遵磨坊的一切规矩。"说完，他将小斧头递给克拉巴特，满师后腰间别一把斧头，这是一项特权。随后，师傅便让克拉巴特跟伙计们离开房间。

克拉巴特一时陷入了惊讶和茫然之中，因为这事完全出乎他的意料。他最后一个离开师傅的房间，随手将门带上。不料刚一出门，一个面粉口袋冷不防罩住了他的头，然后有人将他的肩和腿使劲塞进袋子。

"把他扛上，弄到磨粉间去！"

说这话的是安德鲁施。克拉巴特拼命挣扎，可根本无济于事！伙计们嬉闹着将他扛进磨粉间，扔到面粉箱里，然后使劲搓揉他。"这小子刚刚还是学徒呢！"安德鲁施大喊道，"现在我们把他放到碾磨上，弟兄们！一个真正的磨坊伙计得先去去壳，蜕蜕皮。"

他们像揉生面团一样把克拉巴特搓揉个够,又将他在面粉箱里滚来滚去,克拉巴特被折腾得头晕目眩。大伙儿你捏一下我搓一把,还有人使劲用拳头砸他的脑袋,这时只听汉佐高声喝道:"住手!吕施科,我们只是想让他成为一个磨坊好手,可不是想打死他!"

当他们终于放开他时,克拉巴特觉得自己仿佛真被碾了一轮。培塔尔把罩住他的面粉口袋褪下来。斯塔施科将满满一捧面粉撒在克拉巴特的头上。

"这下他可算是被磨透了。"安德鲁施说,"谢谢大家,弟兄们!现在他算是货真价实的磨坊伙计了,再也用不着在大伙儿面前觉得低人一等了。"

"举起来!"培塔尔和斯塔施科高声喊道。在这里,他们跟安德鲁施一样说话很有分量。"把他举起来!"他们再次把克拉巴特的手脚捆上,将他抛向空中,然后又接住,这样前前后后抛了三次。然后,派尤洛去地窖取葡萄酒,克拉巴特还得一一给师兄们敬酒。

"兄弟,为你的健康干杯!"

"干杯,兄弟!"

就在大家举杯畅饮时,克拉巴特走到一旁,坐到一堆空口袋上。今晚经历这一切之后,他整个人都蒙了,这难道不奇怪吗?

不一会儿,米切尔走过来,在他身旁坐下。

"你好像对某些事情还不太明白似的。"

"是搞不明白,"克拉巴特说,"师傅怎么会就让我满师了呢?难道我的学徒期就这么结束了?"

"在科泽尔布鲁赫磨坊的第一年顶三年呢。"米切尔解释道,"你可别忘了,到这儿来以后,你已经长大了三岁,克拉巴特,是整整三岁。"

"但这不可能呀!"

"可能的,"米切尔继续说道,"在这座磨坊,任何事情都是完全可能的——以后你会慢慢发现的。"

暖　　冬

　　冬天就像刚来临时那样，多雪，却并不寒冷。今年，伙计们用不着费力去铲除水闸、水坝和水沟里的冰溜子。往往轻松地处理一次后，半个礼拜都不会再结冰。只不过雪下得很频繁，积雪很厚，这可苦了新来的学徒，因为他要不断清扫地上的积雪。

　　克拉巴特仔细打量了一番维特科，发现这孩子颇像初来乍到时的自己：身材瘦弱，鼻头发红。这让他想起米切尔那席关于他来磨坊一年却已长了三岁的话，他清楚地意识到，米切尔所言不虚。这些他本该早就发现的，从自己声音、身体、力气上的变化完全可以觉察出来。初冬时，他的下巴和面颊已经长出了毛茸茸的胡须，虽然并不显眼，但只要用手触摸，就能明显感觉到。

　　最近几个礼拜，克拉巴特时不时会想起佟达，佟达的音容笑貌总在他眼前浮现。更令他痛心的是，自己竟然无法去佟达的墓前祭拜。他曾经做过两次尝试，但都未能如愿。科泽尔布鲁赫沼泽的积雪太厚，走不了几百步就会陷进去。可尽管如此他还是下定决心，一旦有机会，还要做第三次尝试——就在这时，他做了一个梦。

春天来了，风和日丽，冰雪消融。克拉巴特走在穿过科泽尔布鲁赫沼泽的那条小路上。这时既是夜晚，也是白天；既明月当空，又阳光普照。克拉巴特很快就能到"荒滩"了。在蒙蒙的雾霭中，他看到一个身影似乎正向自己走来。定睛一看，才发现那个身影正在渐渐远去，克拉巴特认定那是佟达。

"佟达！"他连忙高喊，"别走！我是克拉巴特！"

那身影似乎犹豫了片刻，可当克拉巴特朝前走去时，那身影又很快离开了。

"站住，佟达！"

克拉巴特拔腿便追，拼了命地狂奔，两人之间的距离越来越近。

"佟达！"他再一次喊道。

还差几步就赶上了，这时，他发现面前突然出现了一条沟。这沟又宽又深，上面没搭跳板，四周也找不到可以充当桥梁的木头。

佟达站在沟的对面，背对着克拉巴特。

· 107 ·

"你为什么要躲着我,佟达?"

"我并不是要躲着你,可你得知道,我已经在沟的这边了,你留在对面吧。"

"可你至少把脸转过来呀!"

"我不能回头望,克拉巴特,我不可以这么做。不过,我在听你说话,也可以回答你的问题。你一共可以问三次,有什么想问的就问吧。"

有什么想问的?克拉巴特想也不用想便脱口问道:

"佟达,到底是谁害死你的?"

"主要怪我自己吧。"

"那还有谁?"

"你会知道的,克拉巴特,只要你留意,就会找到答案。好,现在问最后一个问题。"

克拉巴特认真想了想,因为他想了解的事情实在太多了……

"我很孤单,"克拉巴特说,"自从你离开后,我就再也没有朋友了。告诉我,我还能信任谁?你给我拿个主意吧!"

佟达依然没有回头,始终没有。

"回去吧,"佟达说,"到时候第一个叫你名字的人,就是值得你信赖的人,你可以依靠他。另外还有一点,我走之前最后再说一次:来不来墓地看我并不重要,重要的是我知道你还想着我。"

佟达缓缓抬起手来，挥手作别，然后那身影就在浓雾中消散了，连头也没回一下。

"佟达！"克拉巴特追着喊道，"别走开，别离开我！"

这是他从心灵深处发出的呼喊——突然，他听见有人在叫着他的名字："醒醒，克拉巴特！你醒醒！"

米切尔跟尤洛站在克拉巴特的床边，正弯腰看着他。克拉巴特搞不明白自己究竟是醒了，还是仍在梦中。"刚刚是谁在叫我？"他问。

"是我们，"尤洛说道，"你真该听听自己在睡梦中声嘶力竭的叫喊声！"

"我叫喊了？"克拉巴特问。

"糟了，"米切尔抓住克拉巴特的手说，"你莫不是发烧了吧？"

"没有，"克拉巴特答道，"我只是……只是做了一个梦……"接着他又急切地问道："你俩谁先喊的我？告诉我，我必须知道！"

这下可把米切尔和尤洛都问倒了，他们刚才根本没有留意。

"等下次吧，下次我们一定按数纽扣猜数的形式，决定到底该谁来喊醒你,免得事后说不清。"

克拉巴特断定,第一个叫他名字的肯定是米切尔。尤洛的确是个好小伙子,一个地地道道的老好人,可惜是个傻子。佟达在梦里跟他提到的那个人只可能是米切尔。从此,但凡克拉巴特有任何问题,都会去问米切尔。

米切尔也从未令他失望,总是有问必答。只有一次,当克拉巴特将话题引到佟达身上时,米切尔回避了。

"死者长已矣,"米切尔说,"再怎么谈论也无法复生。"

米切尔在某些方面跟佟达很像,克拉巴特猜测他在暗中帮助新来的学徒,因为他常常看见米切尔出现在维特科身边,跟他交谈。这很像去年冬天的情形,那时佟达也时常跟克拉巴特说话,并暗中助他一臂之力。

尤洛也在以自己的方式关照新来的伙计,总是不断拿东西给他吃。他说:"吃吧,小孩儿,多吃点儿就能长高,长壮实,能多长点儿肉!"

圣烛节后的那个礼拜,伙计们开始到林子里去干活儿。

包括克拉巴特在内的六个伙计,负责将头年砍伐存放在外面的木材运回磨坊。在积雪很深的日子里,这可不是件轻松的活计,光是铲除通往堆放木材场地道路上的积雪,就干了整整一个礼拜。米切尔和麦尔腾也参与其中,他们玩命苦干。

安德鲁施不理解大家为何如此卖力,他只会在最必要的时候动动手，省得被冻着。

他振振有词地说道："干活儿的时候，冻着的是蠢驴，流汗的是笨蛋。"

在这个二月天里，中午很暖和，伙计们的靴子都湿透了。晚上回去后，大家都得在靴子上抹上厚厚一层油脂，然后使劲用手掌搓揉进去，以保持皮子的柔韧，要不靴子挂在炉子上烤一夜，第二天会变得硬邦邦的。

这是件麻烦事，大家都自己动手，只有吕施科例外，他支使维特科帮他收拾靴子。这事被米切尔看到后，他当着所有伙计的面指责吕施科。

可吕施科全当耳旁风。

"怎么啦？"他漫不经心地说，"谁让这靴子湿了呢，学徒嘛，就是干这个的。"

"他不能替你干！"

"说什么呢你！"吕施科反驳道，"你的手也伸得太长了，这关你什么事？难不成你是这儿的领班了？"

"我不是领班，"米切尔不得不承认，"可我想，汉佐也不会反对我告诉你，以后你得自己收拾自己的靴子。吕施科，要不你会有麻烦的——到时候，谁也别说我没事先警告过你。"

可谁知道后来遇到麻烦的却不是吕施科。

接下来的那个礼拜五的晚上，当伙计们变身乌鸦蹲在"黑室"的横杆上时，师傅开门见山地指出，他听说伙计们当中有人私下给新来的学徒施以援手，不顾禁令给学徒减轻劳动强度，这个人必须受到惩罚。说完他转身问米切尔：

"你怎么想到要去帮这小伙子的——回答！"

"因为我于心不忍，师傅，你分派给他的活儿实在太重了。"

"你这么认为？"

"是的。"米切尔回答道。

"那你现在好好给我听着！"

师傅猛地从椅子上跳起来，双手撑在《魔法大典》上，上身竭力往前伸着。

"我给谁派的活儿重不重，关你什么事！你难道忘了我是师傅？该我决定的事我说了算，其他人都给我闭嘴！我要好好给你点儿颜色看看，一定让你终生难忘！——其他人通通给我出去！"

他将其他人赶出去，只把米切尔关在屋子里。

伙计们个个忧心忡忡，悻悻地上了床。整个上半夜，他们不断听到刺耳的尖叫声和哀号声。——过了好久，米切尔才跌跌撞撞爬上阁楼，他面色苍白，魂不守舍。

"他对你做了什么？"麦尔腾关切地问。

筋疲力尽的米切尔摆了摆手：

"放过我吧,求求你们别问了!"

伙计们心知肚明,都知道是谁去师傅那里打了米切尔的小报告。第二天,他们聚集在面粉房商量对策,决定找吕施科算账。

"今天夜里,"安德鲁施说,"咱们把这小子从床上揪起来,臭揍他一顿!"

"每人都抄根棍子!"麦尔腾大声说。

"揍完之后,"汉佐压低声音说道,"剪掉他的头发,再把鞋油抹到他的脸上,然后再在上面抹一层煤烟子!"

米切尔却坐在角落里一言不发。

"你倒是说话呀!"斯塔施科冲他喊道,"不管怎么说,他向师傅告状,遭殃的可是你!"

"好吧,"米切尔说,"那我就说说吧。"

等大家都安静下来米切尔才开口,语气非常平和,颇似当初的佟达:

"吕施科的所作所为的确非常卑劣,可你们刚才商议的,也未必好到哪里去。人生气的时候,难免口不择言。好吧,现在大家气也消了一大半了,到此为止吧。别去干那些让我为你们感到难堪的事!"

万岁,奥古斯都!

伙计们并没有把吕施科狠揍一顿,只是在后来的一段时间,大伙儿都将他晾在一边。没人跟他说话,他问什么也没人接茬。尤洛将粥和汤盛在一个特别的盆里放在他面前:"谁也别指望,别人会跟无赖在一个碗里吃饭。"克拉巴特觉得就该这样,在师傅面前乱嚼舌头的人,活该被大伙儿唾弃。

当新月之夜教父大人拉来一车需要碾磨的东西时,师傅又得跟着大伙儿一起忙前忙后了。他干得非常起劲,似乎想给磨坊伙计们示范一下,什么才叫卖力干活儿。不过,他这样做也许更多是因为教父大人的缘故。

在冬末的日子里,师傅经常外出,有时骑马,有时坐马拉雪橇。伙计们都很少琢磨,师傅到底出去忙乎什么事了。与自己无关的事犯不着多打听,不知道就不会难受。

圣约瑟节的头天晚上,雪已经融化,外面下起了瓢泼大雨。伙计们猜想,天气这么糟糕,大概只能在屋子里待着了。然而,就在这样的一个夜晚，师傅却突然要求备好旅行马车。他必须出门处理一件要紧事，得赶快备车。

克拉巴特帮着培塔尔给两匹栗色马套上挽具，料理妥当之后，他抓起马的缰绳，吆喝一声："吁！"

培塔尔跑进屋去通报师傅车已备好，克拉巴特则将马车拉到屋前的场地。雨太大，他头上顶了一块粗羊毛毯，还为师傅准备了几块毯子遮雨，因为这是辆轻便马车，冲着行驶方向的那个车门是敞开的。

师傅蹚着雨水走过来，培塔尔提着风灯紧随其后。师傅身着宽大的披风，头戴黑色的平顶三角帽，靴子上的马刺叮当作响，披风里的佩剑来回晃动。

"真是疯了！"看到师傅坐上车夫的高座，克拉巴特禁不住心中暗想，"这种鬼天气真的非出门不可吗？"

师傅拉过毯子将自己盖上，随后看似漫不经心地问了一句：

"想一起去吗？"

"是说我吗？"

"是呀，因为你想知道我为什么非要出去呀。"

克拉巴特的好奇心远远超过对大雨的担心，他快步登上马车，坐到师傅身边。

"来，露一手吧，看看你会不会驾车！"师傅说着将缰绳和鞭子交到克拉巴特手上,"我们必须在一小时之内赶到德累斯顿。"

"德累斯顿?一小时内?"克拉巴特以为自己听错了。

"走吧!出发!"

马车轮子在林中坑洼不平的路上咕噜作响,四周一片漆黑,宛如在烟囱的管道里前行。

"赶快!"师傅催促道,"难道你不能再快点儿?"

"弄不好会翻车的,师傅……"

"瞎扯!把缰绳和鞭子给我!"

于是师傅拉开架势,亲自驾着马车风驰电掣般驶出林子,飞奔在卡门茨的乡间大道上。克拉巴特双手死死抓住车座,双脚拼命抵着踏脚板。雨水抽打着他的脸庞,迎面的狂风差点儿将他从车上掀下去。

忽然,前面出现了大雾,马车飞奔着冲了进去,被浓雾团团围住。没过多久,他们从浓雾中钻出头来,渐渐地,马车也露了出来,只剩下马蹄仍在雾霭中奔腾。

这时,雨停了,月儿露出来了。大雾笼罩的广阔地面呈现出一片银白色,像是被白雪覆盖了。他们是在原野上吗?为什么既听不到马蹄声,也听不到车轮转动的声音?车身也似乎有一段时间不再颠簸摇晃了。克拉巴特觉得车子好像是在光滑的地毯上滑行,又仿佛在雪地上或者毛毯上行进。马儿飞奔着,脚步轻快而富有弹性。在清澈的月光下、广阔的原野上，驾车奔腾实在是件令人身心愉悦的乐事。

突然间，车身猛地一震，所有的接缝处都发出一阵嘎吱声！是撞到了树桩，还是碰上了路缘石？要是车辕断了怎么办？会不会是一只轮子？……

"我得下车去看看！"

克拉巴特说着就准备跳下车去——这时，师傅一把将他拽住，拖回原处，说："坐着别动！"

他用手指了指下面，这时浓雾渐渐散开了。

克拉巴特简直不敢相信自己的眼睛：只见马车下面的深处，有一溜屋脊，一处墓地。月光下，十字架和坟墓投下了一道道影子。

"我们的马车被卡门茨教堂的塔顶绊住了，"师傅说，"当心！别从车上掉下去！"

他勒住缰绳，挥动马鞭。

"驾！"

马车又猛地震了一下，便行驶自如了，中间再没有出现其他意外。他们继续赶路，在空中匆匆穿梭而过，悄无声息，身下是洒满月光的云雾。

"瞧我这脑瓜子！"克拉巴特暗想，"一直以为是在雾中赶路呢……"

师傅和克拉巴特抵达德累斯顿时，宫廷教堂正敲响九点半的钟声。马车在宫殿前铺满石子的广场上吱的一声停了下来。一个马夫匆匆跑来接过缰绳。

"还是老规矩吗，先生？"

"真是个蠢问题！"

师傅给马夫扔过去一块金币，然后跳下马车，要克拉巴特随他一起进宫。他们沿露天台阶而上，匆匆向宫门走去。

宫门前一名军官拦住了他们。那人身材挺拔高大，身披宽宽的丝绸绶带，胸前的勋章在月光的映照下熠熠生辉。

"口令？"

师傅没有回答，而是直接将他推开。军官愤然伸手拔剑，却动弹不得。师傅只是朝他打了个响指，这高个子军官便定住了，他呆呆地僵立在那里，眼睛圆睁，右手按在剑鞘上。

"快走！"师傅冲克拉巴特喊道，"这家伙肯定是新来的！"

他们匆匆沿大厅内的大理石台阶而上，穿过一条条走廊和一个个厅堂，沿着镶满镜子的墙面和挂着厚重帷幔的窗户往前疾走，那窗帘上满是金灿灿的图案。一路上遇到的门卫和仆从似乎都跟师傅熟识，没人阻拦，也无人询问，纷纷默默躬身退到两旁，让他们通过。

自入宫的那一刻起，克拉巴特就仿佛置身梦中。宫内的金碧辉煌和豪华气派令他震惊不已,而自己这身磨坊伙计的装束此时显得格外寒酸破旧。

"仆从们肯定会笑话我吧?"克拉巴特暗自想道,"那些门卫会不会在背后对我嗤之以鼻呢?"

他忐忑不安地继续走着,突然一个趔趄。怎么回事?——他低头一看,原来脚下被剑绊了一下……这是谁的剑呢?他无意中瞟了一眼旁边的镜子,真是活见鬼!里面的情景令他目瞪口呆。真是太不可思议了:镜子中的他身穿镶着银纽扣的黑色军服,足蹬高腰皮靴,腰间的剑带上竟挂着一柄花剑!而这些并不是幻象。头上戴的是一顶三角帽吧?可自己到底什么时候戴上了假发?假发上还扑了白粉,后面竟然还系了发套!

"师傅!"他本打算问这是怎么回事。

可还没来得及开口,他们就已经进入了一个被蜡烛照得通明的前厅,这里达官贵人云集,有上尉,有上校,还有许多王公贵族,个个胸佩勋章,肩披绶带。

一位侍从官来到师傅面前。

"您终于来了,选帝侯早已在等您了!"说着,他指了指克拉巴特,问道,"您不是一个人来的?"

"这是我手下的一位年轻贵族,"师傅说,"他可以在这里候着。"

侍从官招手叫来一位上尉,嘱咐道:"您负责接待这位年轻贵族,先生!"

上尉牵着克拉巴特的衣袖,把他拉到窗龛前的小桌旁。

"来点儿葡萄酒还是巧克力,先生?"

克拉巴特要了一杯红葡萄酒。当他跟上尉碰杯时,他看见师傅正走向内宫,去谒见选帝侯。

"但愿他能成功!"上尉说。

"什么成功?"克拉巴特问。

"您应该知道的呀,先生!好几个礼拜了,您的主人不是拼命劝殿下相信,凡是主张与瑞典人媾和的都是白痴,应该一个不剩逐出宫去吗?"

"哦,是的,是的。"克拉巴特连连附和道,尽管他对此一无所知。

周围的上校和上尉们都哈哈大笑起来,纷纷跟他碰杯。

"为这场与瑞典人的战争干杯!"他们高声道,"愿选帝侯决定将这场战争进行到底!不管胜负——坚决跟瑞典人打下去!"

将近午夜时分,师傅才从内宫出来。选帝侯亲自陪他走到前厅的门口。"十分感谢!"殿下对师傅说。

"您的建议十分宝贵,您是知道的,要采纳您的建议和意见虽然需要一段时间,但是我们不可能再置之不顾了。现在我已决定，跟瑞典人的战争将继续打下去！"

聚集在前厅里的达官显贵们发出狂热的呐喊，拼命挥舞着手中的帽子。

"万岁，奥古斯都！"他们高呼，"荣耀属于选帝侯，瑞典人必死！"

萨克森的选帝侯身材高大，体态臃肿，有着像锻工一样强壮的腰臀，和令每个船夫羡慕的拳头。他向前厅的达官贵人挥手致谢，随后转身对师傅说了几句话。大厅里人声鼎沸，谁也不知道他说了什么，即便有人听到了，也理解不了——说完，他就让师傅离开了。

文武官员们仍留在前厅，克拉巴特则跟着师傅出来了。他们沿着来时的路离开宫殿，顺着窗台和镜墙，穿过厅堂和走廊，沿大理石台阶而下，一直走到宫门口的露天台阶上。那位高个子军官依然站在那里，睁大双眼，右手按在佩剑上，像锡制玩具兵一样木然呆立。

"放了他，克拉巴特。"师傅说。

对于克拉巴特来说，这只不过是打个响指的事，他在师傅的秘密学校里早就学过这类小魔法了。

"走开！"他命令道，"向右转！"

军官拔出佩剑，高高举起，向他们敬了个礼，然后按照命令转身向右，大踏步离开了。

宫廷前的广场上已经给他们备好了马车，马夫禀报说，已经将两匹栗色马收拾妥帖，喂养完毕。

"我本来还想吩咐你这么做的！"师傅说。他们登上马车，直到此时，克拉巴特才发现，自己的穿着打扮又恢复了原样。本来就该这样，要是依然戴着三角帽，挎着佩剑，穿着军装，回到磨坊该怎么干活儿呀？

马车驶过易北河的大石桥，咕噜咕噜向城外驶去，到达河对岸的高处后，师傅将马车驶入旷野。

马儿再次腾空而起，继续在高高的云端上朝着来时的方向奔驰而去。

月儿眼看就要隐没在西边的天际。一路上克拉巴特默默无语，陷入无边的思绪中。他俯瞰着下面的村庄和小镇，马车正越过田野、森林、池塘、河流，越过荒原上的沼泽和平坦的沙地。下面是一片祥和的土地，此刻显得幽暗而又宁静。

"想什么呢？"师傅问。

"我在想，"克拉巴特回答道，"魔法该是多么神通广大啊！它能赋予人一种超越君王的权力。"

复活节的烛光里

今年的复活节比往年要晚，到四月下旬才姗姗来迟。耶稣受难节的晚上，维特科被师傅召到秘密学校，变成了一只乌鸦。克拉巴特从未见过像他这样的乌鸦，不仅瘦弱不堪，连羽毛都乱糟糟的，而且他的翅膀上似乎还泛着红光，不过这也许是克拉巴特自己臆想出来的。

复活节前的礼拜六，磨坊伙计们足足睡了一个饱觉。下午晚些时候，尤洛给他们端上了极其丰盛的食物。"大家要吃饱喝足啊！"汉佐提醒大家，"你们是知道的，这顿饭可得管好长时间呢！"

一直遭到孤立的吕施科，今天终于又能从大家共用的盆里盛食物了，因为按照磨坊的规矩，复活节之夜降临之际，伙计们之间的所有纷争都必须一笔勾销。

天黑时，师傅前来打发伙计们去取标记，一切都像往年那样，师傅照样清点了人数，然后将他们按两人一组派出去。克拉巴特跟尤洛分到了一组。

"我们去哪儿?"两人取了毯子后尤洛问道。

"要是你不介意,咱们去波伊梅尔斯托德吧!"

"好啊,"尤洛回答道,"只要你认识路。走夜路我可不行,从屋里到牲口棚能不迷路,我就谢天谢地了。"

"我领路,"克拉巴特说,"你仔细点儿,别在黑暗里跟丢了!"

他们的必经之路去年克拉巴特跟佟达走过一次。穿过科泽尔布鲁赫沼泽并不难,难的是穿过林子后,要在外面找到那条绕施瓦尔茨科尔姆村而过的田间小路。"最糟糕的情况……"克拉巴特暗自想道,"大不了我们从田野上穿过去……"——然而,这种情况并没有出现。

尽管四周一片漆黑,他们还是本能地撞到了这条路上,路的左边是施瓦尔茨科尔姆村的点点灯火。他们穿过田野,拐上了一条马路,沿着这条路往前一直走到下一个拐弯处。

"应该就是这里了。"克拉巴特说。

他们摸着林子旁边一棵棵赤松往前走。当克拉巴特的手指终于摸到十字架的木棱角时,心中不禁一喜。

"快过来,尤洛!"

尤洛跌跌撞撞地跑了过来。

"你到底是怎么找到的?克拉巴特,我可得好好跟你学学！"

他从口袋里掏出火镰跟火石，用它们撞击出来的火星点燃了一小堆干柴枝。就着柴火的微光，他们又在林子里拾了一些树皮和枯枝。

"我负责添柴火，"尤洛说，"干这事我在行，再说，拾来的这些柴火也够用了。"

克拉巴特裹着毯子坐到十字架下，上身挺直，双膝蜷曲，背靠着十字架——这姿势跟一年前的佟达一模一样，只不过今天坐在这里的是他克拉巴特。

尤洛靠讲故事来打发时间，克拉巴特时不时地随口应付一句"是呀""这样啊"或者"真是想不到"。这已经让尤洛心满意足了，于是他讲得更加起劲，一个接一个地讲，想起哪个讲哪个。尽管克拉巴特心不在焉，可他似乎毫不在意。

此刻，克拉巴特想起了佟达，同时，也不禁想起了那个领唱的康朵尔卡。他十分兴奋地期待着，期待午夜时分能听到从村子里飘来她的歌声。

可要是听不到呢？没准儿今年是别的姑娘领唱呢？

当他一遍又一遍回忆起康朵尔卡的歌声时，发现已经不可能将她从记忆中彻底抹去了。也许这不过是他的幻觉？

他感到很痛苦，只是他所感受到的，是一种特别的、从未体验过的痛苦。他好像触碰到了某一处地方，一处以前从未感

· 125 ·

知过的地方。

他竭力摆脱这种感觉,默默对自己说:"我从未跟姑娘交往过,今后也不会。跟姑娘打交道能有什么结果呢?终有一天只会落得跟佟达一样的下场。到时,我会像他那样,心事重重地坐在这里,满腹忧愁。夜幕降临时,我的目光便会落在洒满月光的原野上,禁不住灵魂出窍,去寻找那个长眠于九泉之下的姑娘,而给她带来不幸的人正是我……"

克拉巴特已经学会了灵魂出窍的法术。师傅曾经警告过伙计们,施展包括灵魂出窍在内的几门法术时要特别谨慎。"因为容易出现这样的情况:离开躯壳的灵魂,再也无法重新附体。"师傅还一再强调,灵魂出窍要在夜幕降临后,而灵魂附体却只能在黎明到来前。

一旦灵魂在躯壳外游荡得太久,错过了附体的时间,就再也无法回归。身体的大门将会关闭,人们会把这个没有了灵魂的躯壳当成死人埋葬掉,而灵魂从此就没有了依归,只能在生死之间不停地游荡,它无法显现,无法言语,更无法让他人感知到它的存在——而最为特殊的折磨在于,这种状态下的孤魂野鬼,甚至连最轻浮的"吵闹幽灵"都不如,它们至少还能四处敲敲打打、砸锅摔碟、抛扔木柴来发泄一番。

"不,不能,"克拉巴特心中暗想,"不管遇到多大的诱惑,我都要提防自己的灵魂出窍。"

尤洛终于安静下来了，他蹲在火堆旁，几乎一动不动。假如不是他偶尔还往火堆里添点儿树枝和树皮，克拉巴特甚至以为尤洛已经睡着了。

他们就这样一直默默守到午夜。

远处又响起复活节的钟声，从施瓦尔茨科尔姆村又传来姑娘的歌声，克拉巴特熟悉这声音，这正是他期待的声音，是他在记忆里徒劳地、搜肠刮肚地寻找的声音。

现在，当他再一次听到这歌声时，完全无法理解自己怎么竟然能忘了这声音。

"复活了，
先圣基督，
哈利路亚，
哈利路亚！"

克拉巴特倾听着姑娘们的歌声，仔细辨认着声音如何交替出现：先是康朵尔卡领唱，然后是其他人合唱。而当合唱出现时，他已经迫不及待地想听到康朵尔卡的歌声了。

"这位康朵尔卡的头发是什么颜色呢？"他情不自禁地畅想起来，"也许是棕色……要么是黑色？又或者是小麦色？"

他想知道这些，想亲眼见到那唱歌的姑娘，他已经对那姑娘心驰神往了。

"我不是会灵魂出窍术吗？"他想，"我只出去一会儿——只是去看一眼那姑娘的脸……"

想到这里，他已经开始默念咒语，同时，感觉到自己渐渐停止了呼吸，灵魂正在脱离身体，融入浓浓的夜色里。

他回头望了一眼那篝火，看了一眼尤洛，他依旧蹲在火堆边，仿佛随时都会睡着。克拉巴特的灵魂还看了一眼自己的躯壳：背靠十字架，直挺挺地坐着，既没死，也不活。形成他生命的一切元素此刻都已游离在他的躯壳外，自由自在，轻轻松松，无忧无虑。而且他的灵魂异常清醒，他的所有感官也比从前任何时候都更加灵敏。

突然他有些犹豫，难道就这样将自己的躯壳孤零零地留下吗？离开了身体，他的灵魂就解除了最后的束缚，可这对于他来说并不是一件轻而易举的事。因为他知道，这可能意味着灵魂和肉体的永久分离。然而，尽管如此，他还是把目光从那个名叫克拉巴特的躯壳上移开，转身向施瓦尔茨科尔姆村飘去。

从此刻起，谁也听不见他说话，谁也看不见他。可他却能异常清晰地听到和看见周围的一切，他对此感到非常惊讶。

村子里，姑娘们提着灯笼，手持复活节蜡烛，唱着歌走来走去。她们周身上下全是黑色：黑色的圣餐礼服，黑色的小帽，黑色的鞋子。只有一样东西例外——那箍着头发的额头饰带是白色的，她们个个梳着中分的、平整后梳的发式。

克拉巴特的一举一动仍像没有"隐身"时一样，好像有人能看见他似的。克拉巴特也加入村里小伙子们的行列里。他们站在村道两旁，打量着姑娘们，嘴里还不停地打趣说笑，高声喊叫。

"你们就不能声音大点儿，都快听不见了！"

"小心火烛，回头别烧坏了鼻子！"

"嘿，过来暖和暖和呀，小脸都冻得发青了！"

然而，姑娘们却毫不在意，对路旁的小伙子们熟视无睹。这个夜晚属于她们，而且只属于她们。她们平心静气地唱着歌，在村道上走来走去。

过了一会儿，姑娘们走进一家农舍取暖。小伙子们也想挤进去，但被男主人挡在门外了。他们纷纷挤到窗户边，伸头向里张望。姑娘们围在火炉旁，女主人给她们端来复活节小点心和热牛奶。小伙子们本想继续围观，不料男主人拿着棍子冲过来了。

他嘴里发出嘘的一声，像是在赶走讨厌的公猫。"滚开，你们这些家伙——要不然给你们一棍子！"

小伙子们发着牢骚走了，克拉巴特也跟着他们一起离开了，其实他完全不必离开，反正谁也看不见他。小伙子们仍在附近逗留，等着姑娘们离开农舍，继续唱歌。

克拉巴特现在看清了，那领唱的康朵尔卡长着一头浅色的头发，身材高挑，体态婀娜，举手投足间透着一种高傲的姿态。按说他早该回到尤洛身边去守着那堆篝火，而且也的确到了该返回的时候了。

可是，他刚才一直只是在路旁远远打量着康朵尔卡。此刻，他想走上前去，面对面地端详一下这个姑娘。

克拉巴特融入姑娘胸前的烛光里，现在她已经近在咫尺，他从未跟一个姑娘离得这么近。眼前是一张年轻美丽的脸蛋，在紧箍的饰带和帽子下，这脸庞俏丽动人。那双温柔的大眼睛正低垂着往下看，可她看不见克拉巴特，或者也许看见了？

克拉巴特知道，现在已经是返回篝火的最后时刻了。可姑娘那双眼睛，那双浓密的睫毛下明亮的大眼睛，却牢牢将他定住了，他无法自拔。康朵尔卡的歌声在他的耳朵里已经越来越远，在他看见姑娘眼睛的那一刹那，歌声对于他来说已经无关紧要了。

克拉巴特知道天将破晓，可他仍然无法离开。他也明白如果不及时动身，自己会丢掉性命，这些他心里都明镜似的，可就是无法自拔。

突然一阵剧烈的疼痛穿过他的全身,他像被火燎了一下,猛地被拽走了。

等克拉巴特回过神来时,他已经回到了尤洛身边,回到了森林边的篝火旁。他的手背上落了一小块烧红的火炭,他连忙将其抖落下来。

"哟,克拉巴特!"尤洛高声叫道,"我可不是故意的!你突然变得那么古怪,跟平常判若两人——所以我就夹起这块烧红的小木块,用它照照你的脸。可谁知道这木炭会掉到你手上啊……给我看看,要不要紧?"

"还好啦。"克拉巴特说。

克拉巴特往被烫的地方吐了口唾沫。他无法向尤洛表达自己的感激之情,他不能告诉尤洛,正是因为他失手烫了自己一下,他克拉巴特才能活着坐在这里。手背上灼烧带来的疼痛感,让克拉巴特的灵魂和肉体瞬间重新融为一体,而且是在最为关键的时刻!

"天亮了,"克拉巴特说,"我们削木片吧。"

他们一边削木片,一边又把削好的木片扔进火里。

"我给你画上,兄弟,
用十字架的焦炭,
给你画上

秘密兄弟会的标记。"

在回磨坊的路上,他们又遇见了取复活节圣水的姑娘们。克拉巴特想跟康朵尔卡打个招呼,但犹豫了片刻,还是放弃了。因为尤洛在身边,而且他也不想吓着康朵尔卡。

"尖帽子"逸事

回到磨坊，一切跟去年的复活节一样：从钉在大门上的牛轭下穿过，左右各挨师傅一记耳光，然后发誓对师傅百依百顺。克拉巴特很讨厌这一套，康朵尔卡那双美丽的眼睛始终在他脑海里挥之不去。但是，这双眼睛只是在复活节的烛光里凝视过克拉巴特，并没有真正看见过他。

"下次我一定要在她眼前显身，"克拉巴特默默下了决心，"她应该知道，她凝视的是我。"

最后几个伙计也都陆续回来了，水流冲进水槽，碾磨启动了。师傅催促十二个伙计赶紧到磨粉间干活儿。

大家忙着从仓库将粮袋扛出来，再把粮食倒进漏斗里（今天要磨的粮食可真多）。克拉巴特也跟着一起忙前忙后，渐渐冒出一身汗，可他却觉得干活儿的人根本不是自己。师傅的吆喝声在他听来仿佛隔了一层厚厚的墙壁，似乎与他无关。有几次，他心不在焉，不小心撞到了身边的伙计。还有一次，他在通向磨坊顶台的楼梯上踏空了，直接滑到最底下那级，膝盖都磕破了，可他却毫无知觉，只是将快要滑下肩的口袋扶正，然后继续往上爬去。

克拉巴特像牲口一样埋头苦干。渐渐地，他脚步越来越沉，抖抖身子，豆大的汗珠直往下掉，死沉死沉的粮袋，让他饱受折磨。然而他对这一切都无动于衷，并不觉得特别难受。这个早晨似乎出现了两个克拉巴特：在磨坊当苦力的行尸走肉是那个在十字架下僵坐了一夜的克拉巴特；而在施瓦尔茨科尔姆村游荡一夜的是另一个克拉巴特，他对眼前发生的一切十分漠然。他是磨坊里的陌生人，与这里毫无关联，更无法理解眼前的一切。

第一个大声欢呼的人是维特科，大伙儿也随之兴奋地大叫起来。

克拉巴特有些不解地停了下来，然后往手上吐了口唾沫，又继续朝下一个粮袋走去。尤洛在他的腰上捅了一拳：

"收工了，克拉巴特！"

这一拳正打在左侧腋下，这是最疼的地方，克拉巴特疼得差点儿背过气去，可就在这一刹那两个克拉巴特又合二为一了。他压低声音说道：

"哎，尤洛，老子……老子真想给你鼻子一拳，你……你这缺心眼的家伙！"

伙计们聚在一起，一面大声说笑，开怀痛饮，一面吃着那些炸得金黄的复活节小点心。不久，大家纷纷起身跳舞。

"轰隆隆，轰隆隆，
磨轮在转动。
磨坊主老喽，
背驼喽，人傻喽。
白桦抽芽的五月，
娶了个年轻的婆娘，
欢欢喜喜闹洞房。
磨轮在转动，
磨坊主背驼喽，
磨坊主人傻喽。"

他们载歌载舞，维特科声嘶力竭地吼着歌，似乎是想用他那破铜锣嗓音彻底盖过大伙儿的歌声。

不一会儿，斯塔施科转过身问安德鲁施，有没有兴趣给大家讲个故事，比如，讲讲"尖帽子"的逸事。

"没问题，"安德鲁施说，"把葡萄酒递给我！"

开讲之前，他先灌了一大口酒。

"话说有一天,'尖帽子'来到施莱弗村,他去了一座大磨坊,磨坊主是个小气鬼,这个你们肯定知道的,就是那种臭名昭著的吝啬鬼。——哎,我突然想起来了,没准儿维特科压根儿还不知道谁是'尖帽子'吧……"

显然维特科不知道,克拉巴特似乎也不知道。

"那我先得将来龙去脉给你们说说。"

安德鲁施向大伙儿保证,一定长话短说。

"'尖帽子'是一个像我们一样的索布族磨坊伙计,我想,他应该是斯波拉一带的人。瘦高个,谁也说不清他到底有多大年纪,不过假如你们看见他本人,一定会猜他是四十岁上下,不会再老。他的左耳垂上戴着一个金耳环,非常小,除非偶尔有太阳照在上面,不然外人几乎看不见。他的帽子可大可大了,帽檐宽宽的,帽顶尖尖的,他由此得了个外号——'尖帽子'。人们一见到这顶帽子,就会认出他来。不过也不一定,你们往下听就知道了……明白了吧?"

克拉巴特和维特科点了点头。

"现在,你们还应该知道,'尖帽子'精通法术,他可能是劳济茨这一带最著名的魔法大师,这个相当了得。我们这儿的所有人对魔法的掌握还不及他的一半,最多顶得上'尖帽子'的一个小指头。尽管如此,他终生只是一个普通的磨坊伙计。他大概也没有兴趣去成为磨坊主——或者从事别的更高级的职业,如公务员、法官之类,或者到宫里去谋个差事——这些他压根儿都不放在眼里。只要他想做这些,那都是轻而易举的事,可他就是不愿意。为什么呢?因为他想做一个自由自在的伙计,而且一直这么自由下去。每逢夏天,他就到这家磨坊干干,那家磨坊待待,逍遥自在,不卑不亢。他很享受这样的日子。要是可以找到这样的地方,谁不乐意啊!"

伙计们都颇有同感。像"尖帽子"那样,做自己的主人,不受任何人摆布,那是他们都向往的。在今天,这种愿望尤为强烈,因为他们刚刚又一次向师傅宣誓无条件服从,来年一定在科泽尔布鲁赫干活儿。

"赶紧言归正传吧,安德鲁施!"汉佐大声说。

"好吧,兄弟——我想,刚才这个开场白已经讲得够长了。把酒壶递过来,我再来一口……"

"话说当时,"安德鲁施继续讲道,"'尖帽子'来到了施莱弗村的大磨坊——这些我刚才已经说过了。那磨坊主是个超级小气鬼,面包上抹点儿黄油,汤里撒点儿盐,他都心疼得半死。所以他跟伙计们的关系总是很紧张,谁也不愿在此久留。干的是牛马活儿,吃的是猪狗食,当然谁也受不了。"

"'尖帽子'来到磨坊门口,询问有没有活儿干。'活儿有的是。'磨坊主说。他本来应该能想到,眼前这个戴着尖帽、挂着耳环的人是谁。然而，凡是跟'尖帽子'打过交道的人，都是事后才懊悔当初为什么没有认出他来。施莱弗村的这位大磨坊主也不例外。他当即雇用了'尖帽子'，让他做三个礼拜的帮工。

"这家磨坊当时有两个伙计，一个学徒，三个人都瘦得像柴火棍似的。由于喝水太多，个个腿都肿了。磨坊里有的是水，而且只有用水不受主人限制，面包的数量严格控制，燕麦粥就更少。肉和熏板肉之类的东西见都没见过，只是偶尔能尝到一星半点奶酪和半条鲱鱼之类的稀罕物。三个人在这里忍饥挨饿，勉强度日。他们也不敢逃走，因为这三个可怜虫都欠了磨坊主的债，有借据捏在他手里。

"'尖帽子'观察了一段时间。每天晚上，他都听见那学徒饿得哇哇大哭，一直哭到筋疲力尽才昏昏睡去。每天早晨，他看见那两个皮包骨头的伙计在井台上洗澡，太阳光照过来时，仿佛都能照透他们的五脏六腑。

"一天中午，伙计们正坐在餐桌旁。屋里噪声很大，碾磨还在转动着，他们已经将午饭期间需要粗磨的荞麦堆在上面。大伙儿拿起勺子刚要盛汤——说是汤，其实就是一种稀稀的、寡淡无味的东西，里面漂着几片荨麻和滨藜，五六粒，也许是七粒兰芹籽儿——磨坊主恰巧这时进来了，'尖帽子'觉得，这正是教训他的好时机。

"'哎，师傅！'他指着汤盆里的东西说，'这都两个礼拜了，我可看得清清楚楚，你这给大伙儿准备的是什么玩意儿呀！一天到晚就这点儿东西，你难道不觉得太少了吗？你倒尝尝呀！'说着，他便将汤勺递到磨坊主面前。

"磨坊主却假装磨坊里声音过于嘈杂，没听懂'尖帽子'在说什么。他用手指了指自己的耳朵，摇了摇头，随即一脸讥笑地看着'尖帽子'。

"但他嘴角的那丝奸笑很快就消失了。'尖帽子'可不是吃干饭的——他用手掌在桌子上狠狠一拍，随着啪的一声，磨坊立刻安静下来了，连磨轮转动的余音都没有了，只剩下水槽里哗哗流动的水声和水流拍击磨轮叶片的声音。看来并不是有人关掉了水闸，如果不是木齿轮或者磨机主轴出了问题，那就一定是传动装置被卡住了。

"磨坊主惊魂未定，立刻陷入了极大的焦躁中。'快！'他大声喊道，'你赶快去把水闸关紧！其余的人一起跟我去看看到底出了什么问题！快呀，赶快去！'

"'没这个必要了。''尖帽子'气定神闲地说道，这回轮到他冷笑了。

"'到底怎么回事？'磨坊主问。

"'因为是我让碾磨停下来的。'

"'是你？'

"'我是"尖帽子"。'

"这时,就像有人事先安排好的一样,只见一缕阳光从窗子射进来,直接照在他的金耳环上,他的耳垂闪闪发光。

"'你就是"尖帽子"?'

"磨坊主膝盖一软,瘫倒在地,他清楚'尖帽子'是怎么处置那些虐待和折磨伙计们的磨坊主的。'我的天哪!'他心想,'他上门找活儿干的时候我怎么没认出来呢?难道我这段时间真的瞎了眼?'

"'尖帽子'吩咐磨坊主取来纸张笔墨,然后给磨坊主开出一张单子,上面详细规定了从今往后磨坊伙计们的膳食标准。

"每人每天半磅面包,不得短斤少两。

"早餐为小麦、燕麦、荞麦或大麦粉加牛奶煮成的稠粥。逢礼拜天和节日应该在粥中加糖。每礼拜有两顿午餐应提供肉类和蔬菜,分量管饱。平日里提供豌豆或菜豆粥,还要配有熏板肉或者炸丸子,也可酌情提供其他营养丰富、分量充足、配料齐全的食物……

"'尖帽子'就这样不停地写着,写了整整一页。他详详细细明确了今后这位施莱弗村的磨坊主必须给伙计们提供的食物。'在下面签上你的名字!'写完后,'尖帽子'将食物清单递给磨坊主,'你还得给我发誓,保证严格遵守!'

"磨坊主知道自己没有退路,只得在单子下面签上自己的名字,并按吩咐发誓赌咒。

"'尖帽子'这才给磨坊解除了魔法。他又在桌上啪地拍了一下,碾磨开始转起来。他将单子交给一个伙计保管,然后又训斥了磨坊主一番。这一次,虽然周围依然十分嘈杂,但磨坊主却将'尖帽子'的话听得真真切切。

"'咱们可说清楚了,你是发了誓的,可不能反悔。我走了以后,你可得遵守誓言,要不然……'只听啪的一声,磨坊重又一片死寂,连磨轮的转动声和水流声都没有了。这情形让磨坊主又吓了一跳。'到那时,''尖帽子'说,'你的磨坊就要永远关张了,谁也没有能耐让这堆破烂玩意儿再运转起来。你可给我记住喽!'说完,他再次启动碾磨,然后径直走了。

"据说,施莱弗村大磨坊的伙计们从此就过上了好日子,他们得到了本应属于他们的,谁也用不着再挨饿,也没人双脚浮肿了。"

大伙儿都喜欢听安德鲁施讲"尖帽子"的故事。"再讲一个!"他们要求道,"再给我们讲讲'尖帽子'的故事!——来,再喝点儿——接着说吧!"

安德鲁施接过酒壶,大喝一口,润润嗓子,继续讲起了"尖帽子"的种种逸事:在这一带的村镇,如包岑、索劳、卢姆堡、施鲁克瑙等地,"尖帽子"是怎样智斗磨坊主,如何帮助那里的

• 141

伙计们的。

　　克拉巴特不由得想起了自己的师傅，想起了德累斯顿之旅的种种。他暗自想道，假如有一天，"尖帽子"恰巧碰到了他师傅，两人一较高下，到底谁会占上风呢？

卖　　马

复活节过后，伙计们着手修理磨坊的木质器件。斯塔施科最是心灵手巧，所以师傅将这个活儿派给了他，并安排基托和克拉巴特给他打下手。他们逐一检查了从面粉房到阁楼的所有木质器件：凡是已经损坏的、柱子有断裂危险的、踏板上木栓松脱的、厚木板的夹层被虫蛀了的，都被他们三人一一整修了一遍。他们还用支撑或加托梁等方式，将这些地方加固。磨坊进水渠的护板有几处也需要修补，拦水坝也需要翻新加固，屋里还有一个新的水轮需要他们去做。

斯塔施科跟两个帮手干活儿都喜欢用短柄小斧头，但凡对自己的手艺很自信的磨坊伙计几乎都会这么干。只有在万不得已的情况下，他们才会动用锯子，而且还颇不情愿。

虽然忙得不可开交，但克拉巴特心里却很高兴，因为这样就没空去想些"别的事情"，也就是说去想康朵尔卡。

尽管如此，姑娘的模样仍在他脑海里萦绕，有时他甚至担心周围的人会看出他的心思。最起码吕施科好像已经发现苗头不对,一天他问克拉巴特到底怎么了。

"你问我吗?"克拉巴特问,"我怎么了?"

"这段时间,好像无论大家跟你说什么,你都跟没听见似的。我曾经见过一个害相思病的人,就是你这副德行。"

"我以前也见过这么一个人,"克拉巴特尽可能做出一副没事人的样子,口气平和地说道,"他说自己听见了青草生长的声音,可其实是杂草在他脑子里沙沙作响。"

在秘密学校,克拉巴特异常努力和刻苦。很快,他的水平就不在大多数人之下了。汉佐和麦尔腾略胜他一筹,当然,米切尔的水平更是在众位学徒之上,早在年初他就已经升级为师傅的高徒了。

师傅显然很赞赏克拉巴特的学习热情,常常表扬和鼓励他。五月的一个礼拜五晚上,师傅在下课后对克拉巴特说:"我看出来了,你将来在法术方面会有所作为。我断定,你也的确具备一种罕见的能力,要不然我会平白无故带你去选帝侯的宫里吗?"

师傅对他如此满意,这令克拉巴特特别得意。遗憾的是,他在秘密学校学到的知识很少有机会实践!

"我们会有机会弥补一些遗憾的!"师傅仿佛能偷听到克拉

巴特的心思，"明天你跟尤洛去维缇辛瑙市场，他变成一匹黑公马，你把他卖五十块古尔登金币。不过，你得留神，别让这傻瓜给你添麻烦。"

第二天，克拉巴特跟尤洛动身前往维缇辛瑙，他想起了上次在卡门茨贩牛的趣事，兴奋地吹起了口哨，看来这次卖马也保准好玩儿。但奇怪的是，尤洛却显得忧心忡忡，头垂得低低的。

"你怎么啦？"

"我怎么啦？"

"你看上去像是要上绞刑架似的。"

"还真差不多，"尤洛说，他用两个手指夹着鼻子擤了擤，"我干不来这事，克拉巴特，我从来没有变成过一匹马。"

"难不到哪里去的，到时我会帮你。"

"有什么用啊？"尤洛停住了脚，可怜巴巴地看着克拉巴特，"把我变成一匹马，你以五十块古尔登金币把我卖出去，然后这事就算完了。可是，克拉巴特，这对你来说是完事了，对我来说，却没完！为什么这么说呢？很简单！没有你帮忙，我怎么从马变身回来？不用想都明白，师傅是在故意整我，想用这法子把我扔了。"

"嘀！"克拉巴特说，"你想到哪里去了！"

"可不是嘛！肯定的！"尤洛反驳道，"我干不了这事，我太

· 145 ·

笨了。"

尤洛就这么站在那里,耷拉着耳朵,吸着鼻涕,一副可怜兮兮的样子。

"那——咱俩互换一下角色呢?"克拉巴特建议道,"师傅要的是钱,至于咱俩谁卖了谁,他不会在乎的。"

尤洛顿时高兴起来。

"你居然肯为我这么做,真够哥们儿!"

"就这么着吧。"克拉巴特说,"不过你得答应我,不要跟任何人说这事——至于其他的,我想,应该不会有太大麻烦吧。"

于是,他们就这样一路吹着口哨向前走去,直到看见维缇辛瑙的屋顶,才从大路上拐下来,走到田野里的一处仓库后面。"这地方不错,"克拉巴特说,"我变成马的时候谁也看不见。你可记住啦,无论如何不能将我低于五十块古尔登金币卖掉。另外,成交之后,一定记得将马笼头给我取下来,要不然,我这辈子都只能做马了,那可太惨了!"

"别害怕!"尤洛说,"我肯定会当心的!我是个傻瓜,但也没有蠢到那地步吧!"

"好吧,"克拉巴特说,"你可得说到做到。"

克拉巴特念了一段咒语,转眼间化身成了一匹黑马,一匹配着华丽马具、戴着笼头的黑骏马。

"天哪!你真是匹标准的仪仗马!"

维缇辛瑙市场上的贩子们一看见这匹高头大马，个个瞠目结舌，纷纷跑过来围观。

"这马卖多少钱？"

"五十塔勒[①]。"

很快，一个来自包岑的马贩子打算按价付钱。正当尤洛准备高喊"成交"的当口，一个陌生人插了进来。此人头戴波兰帽，身披系着银丝带的红大氅，看上去像一位退役上校或者类似有身份的人。

"您做的可是一桩亏本的买卖。"他用嘶哑的声音告诉尤洛，"这匹马甚至不止值五十块古尔登金币——我出价一百块！"

这话可把包岑的马贩子惹急了，心想哪儿来这么个疯子，凭空横插一杠子！这家伙到底是什么人？虽然看起来像个贵族，可也许根本就不是。在场的人除了克拉巴特，谁都不认识他。

克拉巴特从其左眼上的眼罩和嘶哑的声音一下就认出这是师傅。克拉巴特拼命打响鼻，尥蹶子，希望提醒尤洛。可尤洛似乎对克拉巴特闹出的动静全然没有察觉，显然他在一心一意考虑一百块古尔登金币的事。

"还犹豫个啥呀？"陌生人催促道，他掏出一个钱袋子扔给

[①]塔勒，德意志通用的银币——译注。

尤洛。

尤洛深深鞠了一躬。

"非常感谢,大人!"

紧接着,那陌生人便从目瞪口呆的尤洛手中一把夺过缰绳,翻身坐到克拉巴特的背上。他用马刺狠扎了一下马腹,疼得克拉巴特前蹄腾空而起,高声嘶叫起来。

"别就这么走了啊,大人!"尤洛大喊道,"笼头!您得将马笼头给我留下!"

"我什么也不会留给你!"陌生人发出一阵狂笑——这时,连尤洛都认出了他。

师傅高举马鞭用力狠抽克拉巴特。"快走!"他大吼一声扬长而去,根本没有搭理尤洛。

可怜的克拉巴特!师傅驱赶着他在原野上纵横驰骋,根本不管前面是树桩还是石头,是荆棘还是水沟,是长刺的灌木还是泥潭。

"我得好好教教你,让你知道什么叫听话!"

只要克拉巴特稍微放慢脚步,师傅就会马鞭伺候。他用马刺猛刺马腹时,克拉巴特疼痛难忍,像是有人将烧红的钉子往他身上扎。

克拉巴特拼命挣扎,想将师傅从背上甩下来,他使劲撕扯缰绳，抵死不从。

"你尽管折腾吧！"师傅大声吼道，"休想把我摔下去！"

就这样，师傅用马刺和鞭子终于把克拉巴特整垮了。克拉巴特的最后一次反抗也以失败告终，只得乖乖认输，听任师傅的摆布。此时的克拉巴特已经大汗淋漓，口吐白沫，气喘吁吁，周身冒着腾腾的热气，不停地颤抖，鲜血从腹部汩汩地往外流，他感到温热的血流到了大腿的内侧。

"乖乖听话！"

师傅收住缰绳，策马小跑，一会儿向左，一会儿朝右，然后慢慢遛了一阵，才停了下来。

"你本来不用遭这个罪的。"说完，师傅从马背上跃身而下，解开马笼头，"现在变回人身吧！"

克拉巴特重新变回了人，可身上的鞭印、裂口、伤痕却赫然在目。

"就当是对你不听话的惩罚吧！我吩咐你干的事，要不折不扣地去完成，不得有半点儿走样。下次若再有此类事件发生，你就不会这么走运了，你给我记住！"

师傅那威严无比的口气让人丝毫不会去怀疑，他的话就是天条。

"还有一点！"他又稍稍提高了声音，"你要想找尤洛出口恶气，谁也不会拦着你——给你！"

说完,他将马鞭塞到克拉巴特手上,转身走了。走了几步,他突然腾空而起,化身为一只苍鹰,箭一般飞向远方。

克拉巴特跌跌撞撞地朝磨坊的方向走去,每走几步就不得不停下来。他双腿像灌了铅似的,浑身上下的每一根骨头和每一块肌肉都疼得钻心。走到维缇辛瑙的大道上时,他在近旁的树荫下坐下来,打算好好歇息一会儿。唉,要是康朵尔卡看见他眼下这副模样,会怎么说啊?

不一会儿,尤洛也从大路上无精打采地走过来。他自知理亏,一副心事重重的样子。

"喂,尤洛!"

克拉巴特冲他打招呼时,这傻瓜吓了一跳。

"你怎么被弄成这副模样了?"

"对呀。"克拉巴特说。

尤洛赶紧后退了一步,他一只手指着克拉巴特手中的马鞭,另一只手遮住自己的脸:

"你想用马鞭抽我,是吧?"

"我是该抽你一顿,"克拉巴特说,"反正师傅也盼着我好好收拾收拾你!"

"那你赶紧动手吧!"尤洛说,"我活该挨上一顿暴揍,真的,然后这事也就算过去了。"

克拉巴特吹开额前的刘海。

"也不知道我这浑身上下的伤口能不能快点儿好——你说呢?"

"可师傅到底是怎么说的?"

"他倒没有命令我打你,"克拉巴特回答道,"只是建议我揍你一顿。过来吧,尤洛,坐到我身边的草地上来!"

"反正听你的!"尤洛说。

尤洛从口袋里掏出一块木头,或者一块类似的东西,然后围着他们的歇脚地画了一个圈,又在圆圈上画了三个十字架和一个五角星。

"你这是干什么呢?"克拉巴特不解地问。

"啊——没什么,"尤洛遮遮掩掩地回答道,"只是为了防蚊子和苍蝇——你知道的,我这人特别受不了蚊子。来,把背转过来让我瞧瞧!"说着,他一把将克拉巴特的衬衣掀起,"天哪,师傅下手也太狠了!"

他一边吸着冷气,一边在口袋里寻摸。

"我应该带了支药膏的,一般我都会随身带着,是按我奶奶传下来的药方配的……我给你涂点儿吧?"

"要是有用你就涂吧……"克拉巴特说。

"至少肯定不会有什么坏处。"尤洛连忙打包票。

他小心翼翼地将药膏抹到克拉巴特身上,克拉巴特顿时觉得背上凉凉的，很舒服，连疼痛也很快消失了，他觉得身上好像长出了新皮。

"居然有这种灵丹妙药！"他惊喜地叫道。

"我奶奶，"尤洛说，"是个非常聪明的女人。我们家族的人本来就很聪明，克拉巴特，除了我这个傻瓜……一想起你差点儿因为我这笨蛋，一辈子都要当马做畜生……"他一边发抖，一边翻着白眼。

"千万别这样！"克拉巴特请求道，"你看呀，我们现在不是好好的吗？"

他们亲亲热热地一起往回走，就在他们差不多已经穿过科泽尔布鲁赫，眼看就要到磨坊时，尤洛忽然一瘸一拐起来。

"赶紧学我的样，跛着脚走路，克拉巴特！"

"干吗要这样？"

"因为绝不能让师傅知道药膏的事，也不能跟任何人提。"

"可是你呢？"克拉巴特问，"你为什么也要装作一瘸一拐的？"

"你可别忘了，我刚被你臭揍了一顿！"

葡萄酒和水

六月底，制作新水轮的工程正式开始。克拉巴特给斯塔施科打下手，帮忙丈量旧水轮的尺寸。新旧水轮的尺寸必须完全一致，因为一旦完工，就要将其安装到原有的轮轴上去。木工房设在马厩后的仓库和工具棚之间，他们连续数天在那里用心制作新水轮所需的所有部件：横杆、轮辐、轮缘的配件、支杆和叶片，一切依照斯塔施科绘制的设计图和指令进行。

"所有东西都得严丝合缝！"他对克拉巴特的要求相当严格，"我们可不能在上轮时让大家看笑话！"

这个时节天黑得很晚。天气好的时候，伙计们常常会在夜晚聚集到磨坊前的场院里，安德鲁施在一旁玩吹弹式口琴。

最近，克拉巴特一直想去施瓦尔茨科尔姆村看看。此刻，康朵尔卡或许恰巧坐在屋前，如果他从她眼前漫步过去，她可能还会冲他招手，回应他的招呼呢！没准儿眼下她正跟姑娘们在一起唱歌？有几个晚上，当风儿从施瓦尔茨科尔姆刮过来时，克拉巴特甚至以为自己听见了从远方传来的歌声，这当然是不可能的，磨坊跟施瓦尔茨科尔姆村之间还隔着一片林子呢。

要是他能找到一个走开的借口该多好啊！得找一个合理的、明确的理由，要连吕施科都不会起疑心才行！等着吧，也许有一天这个借口就那么顺理成章地出现了，既不会引起大家的猜疑，也不会给康朵尔卡带去危险。

说到底，克拉巴特对康朵尔卡了解不多，虽然姑娘的模样、行走的步态、抬头的姿势和美丽的歌喉——这一切克拉巴特都了然于心，像熟识多年的老友。同时他也知道，自己这一辈子都不会忘记康朵尔卡，就像他无法忘记佟达一样。

可是，克拉巴特对她的真名实姓一无所知，"康朵尔卡"只不过是索布族人对领唱姑娘的称呼而已。

为此，他绞尽脑汁，翻来覆去想出许多名字：米伦卡，拉多施卡，多申卡——想找出一个配得上她的名字。光是想想这些，克拉巴特心里就美滋滋的。

"也好，"克拉巴特心中暗想，"我不知道她的名字，就不会泄露自己心中的秘密，醒着的时候不会，睡梦中也不会。在那个复活节之夜，在十字架下的篝火旁，佟达曾对我千叮咛万嘱咐——那时候他还和我在一起，现在想想，真是恍如隔世。"

克拉巴特一直没有找出佟达墓地的确切位置。这个礼拜的一天，黎明时分他就醒来了，于是偷偷溜出磨坊，向着科泽尔布鲁赫沼泽跑去。草茎和树枝上挂满露珠，克拉巴特所经之处，都留下了深深的脚印。

太阳出来时，他已经站在了"荒滩"的顶端。不远处就是当初他跟佟达从泥炭采挖场穿过沼泽后，最初踏上的坚实土地。

一路上，他还在一处小池塘旁采摘了一把杜鹃花，打算把它摆放在佟达墓前。

在朝阳的照耀下，他眼前出现了一排平缓的长方形山包。每一个都没有标志，看不出任何区别。佟达究竟是埋在了最左边还是最右边？土包之间的距离也不均匀，其中任何一个都可能是佟达的安息之所。

克拉巴特一筹莫展，在他的记忆中找不到任何可供判断的线索，佟达下葬时四周白茫茫一片，到处覆盖着积雪。

"不太可能是这个……"克拉巴特茫然地寻找着。

他按照顺序缓缓向前挪动着，在每个坟堆上都放上一枝杜鹃花，到最后，手里只剩下一枝了。他转动着指间的花枝，一边打量一边说道：

"这枝花献给下一位将要埋葬在这里的人……"

随后，他将花放了下去——可就在花儿快要放到地上的那一刹那，他猛然意识到自己刚才所说的话。他被这个念头吓了一跳，只是话已脱口，想收也收不回来了。花儿赫然在目，躺在最右边的坟包与林子的边缘之间。

回到磨坊以后，似乎谁也没有察觉到克拉巴特刚刚离开过，可还是有一个人偷偷注意到他了，这人是米切尔。晚上，他把克拉巴特单独叫到一旁。"死者不能复生。"米切尔说，"这话我已经跟你说过一次，现在再说一次。在科泽尔布鲁赫磨坊里死掉的人，将被彻底遗忘，就像他从未来过这里一样。只有这样，其他必须活下去的人才能活下去。答应我，你会照我说的去做！"

"我答应你！"

克拉巴特点了点头，即便此刻他也知道，自己既不愿意也不能够信守这一承诺。

制作新水轮的活计一共干了整整三个礼拜。这样大的水轮竟然没用一颗钉子，所有部件装配在一起都十分吻合，卯榫严丝合缝。水轮下水后，连接各部件的榫头就会膨胀，这比用任何一种黏合剂都牢固。

斯塔施科最后仔细检查了一遍，确定所有尺寸无误，万事俱备，然后去师傅那里报告新水轮打造完毕。

师傅当即决定下礼拜三为上轮的日子。按行规，师傅应派人前往邻近的十里八乡，邀请其他磨坊主带着伙计们在这一天前来庆贺。然而，科泽尔布鲁赫的磨坊主是从来不守这些老规矩的，也不把这一带的其他磨坊主放在眼里。他说："要这些生人来我们磨坊干什么？上轮的活儿我们自己就能搞定。"

在大日子到来之前，斯塔施科、克拉巴特和基托还有一大堆活儿要干。要先搭一个脚手架，好将旧水轮和水槽拆下来，还要准备绳索、绞盘、轱辘、承重梁、滚轮、起重杆和其他工具。

礼拜二的晚上，伙计们用编结的树叶将新水轮的轮辐装饰一番，斯塔施科还往树叶环里塞了几朵花。他对自己的作品很是得意，这点其他人都看出来了。

礼拜三一大早，尤洛给大伙儿端上了熏肉蛋糕。

"吃点儿好的，干活儿劲头更足。你们只管吃饱，但也别撑着了啊！"

吃过早饭，伙计们前往工地，师傅已经等在那里了。他们按照斯塔施科的指令，在轮毂两侧的下面各塞进三根承重木。

"准备好了吗？"斯塔施科大声问道。

"准备就绪！"师傅和伙计们齐声答道。

"一次成功！向前……拉动！"

大伙儿奋力拉着承重木上的新水轮向磨坊水渠边走去，然后将其置于脚手架旁的草地上。

"慢点儿！"斯塔施科高喊道，"千万小心轻放，别散了架。"

米切尔和麦尔腾爬上脚手架，借助旧水轮后面的滑轮和几根绳索,将磨轮轴挂到横梁上。这样伙计们就能用木棒和起重杆将旧水轮从磨轮轴顶端卸下,并从水槽捞出来,然后抬走。

接着就是将新水轮吊上去。大伙儿将新水轮抬到水槽旁,将轮身直立放好,再往上推,一直到新水轮的轮毂跟磨轮轴的高度完全一致时,才可将轮毂的内圈往磨轮轴上套。斯塔施科紧张得大汗淋漓,他跟安德鲁施下到水槽里,在那里指挥大家。

"左边再往下一点儿……好……慢慢往前……好……现在右边再往下一点儿,约一掌……然后,注意保持平衡!别倾斜!"

到此为止一切进行得相当顺利。突然,只见安德鲁施双手举过头顶,使劲一击,大声叫骂起来。

"瞧瞧!"他冲着斯塔施科大吼道,"你们做的这是什么破烂玩意儿呀!"他指着轮毂内圈说,"磨轮轴怎么套得进去呀,顶多能穿进根扫把柄!"

斯塔施科惊呆了,满脸涨得通红,他明明小心翼翼测量过各个部位呀。可眼前这轮毂内圈的确太小了,小到连傻瓜尤洛都能拿肉眼看出来。

"我也……不明白……这是怎么回事……"斯塔施科结结巴巴地辩解道。

"你不明白?"安德鲁施反问道。

"真不知道呀。"斯塔施科说。

"可我知道！"安德鲁施满脸坏笑地说道。

其他人早就看出来，他只是在跟斯塔施科逗闷子。只见安德鲁施打了个响指——转眼间，一切又都恢复正常了。轮毂内圈尺寸合适，当伙计们将新轮套上去时，轮毂内圈和磨轮轴对接得严丝合缝。

斯塔施科对安德鲁施的恶作剧不以为意，闯过了上轮时最大的难关，他很高兴。相比之下，剩下来的活儿都是小意思。他们将磨轮轴顶到通常的位置，然后将绳套解下来。此时，新水轮已经与磨轮轴紧紧咬合在一起。他们这里敲敲，那里锤锤，便大功告成了。

上轮的时候，师傅也跟着忙前忙后。这时他爬上脚手架，让尤洛将葡萄酒递给他。他站在水槽上，挥动着手中的酒壶向大家致意，大喝一口，然后将剩下的酒洒在装饰着花环的新磨轮上。

"先沾酒——再沾水！"他高声喊道，"现在——启动！"

汉佐打开闸门，在磨坊伙计们的一片欢呼声中，新磨轮正式启动了。

收工后，伙计们从雇工间把长桌和条凳搬到磨坊前的场院上。维特科帮着吕施科将师傅的圈椅抬来，把它摆放到最顶头的主位上。伙计们个个洗得干干净净，打扮得利利落落，新衬

· 159 ·

衣外面还套上了干净的长罩衫。与此同时，尤洛在厨房为今天的晚宴做着最后的准备。

为了庆祝上轮成功，晚宴特意备了烤肉和葡萄酒，大伙儿在露天里一直大吃大喝到深夜。师傅今晚兴致颇高，话也特别多。他夸赞斯塔施科和帮手们的活儿干得漂亮，就连傻瓜尤洛今天也得到了师傅的表扬，说他烤的肉味道鲜美，葡萄酒醒脑提神。师傅跟伙计们一起唱歌、玩闹，劝大伙儿多喝酒，自己却是喝得最多的一个。

"开心玩！"师傅大喊道，"你们只管开心！伙计们，看见你们这样，太让人嫉妒了——你们不知道自己的日子有多美！"

"嫉妒我们？"安德鲁施不解地挠头问道，"嘿，你们听听，伙计们！——师傅居然会嫉妒我们！"

"就因为你们年轻啊！"

说这话时师傅的神情很严肃，但很快就过去了。接着他开始给伙计们讲自己的往事：那时他还是个磨坊伙计，也就克拉巴特这个年纪。

"当年我有一个好朋友——你们可得记住了，他叫基尔科。我们同在柯麦劳的磨坊学手艺，后来一道离开了，开始了流浪手艺人的漫游生活。我们在劳济茨山区四处游荡，去过西西里，也到过波希米亚。每到一处磨坊，我们总会问人家有没有给两个人干的活儿，因为我们不愿分开。两个人在一起要好得多，也开心得多。基尔科总能给我们找点儿乐子，而且干活儿也是一把好手，必要时他一个能顶仨。说来你们还别不信，当时还有一帮姑娘成天围着我们转呢！"

师傅滔滔不绝地讲述着自己的陈年旧事，时不时停下来喝口酒，然后又提起话头，继续往下讲。他说，有一天他跟基尔科身陷一所秘密学校，在那里学了整整七年魔法，结束学业后又重新开始了漫游生活。

"有一次，"师傅继续讲道，"我们正在离科斯维希不远处的一家磨坊干活儿，恰逢选帝侯带着一队狩猎的人打那里路过。他们打算在此稍做休整，地点选在磨坊后的池塘旁，他们在树荫下的草坪上席地而坐。"

"我们这帮伙计——包括基尔科和我，在篱笆后面看着他们大吃大喝。两个侍从在草地上铺好桌布，选帝侯和狩猎的宾客围坐一圈，仆人们用银盘子端上来各种美味佳肴：鹌鹑肉饼加松露、各种野味，还有三种葡萄酒。最后还上了甜点——所有这些都是靠马用巨大的筐子一路驮来的。

"选帝侯当时还是个血气方刚的年轻人，他跟随行的贵妇和大人们酒足饭饱后，打了一个响亮的饱嗝，一副心满意足的样子。他对身边的人说，这顿郊外野餐吃得真舒坦，现在自己气壮如牛。说话间他看见了我们这帮躲在树丛后偷看的磨坊伙计，便冲我们大喊，让我们去给他找块马蹄铁来。他催我们赶紧去找，要不这浑身使不完的力气非把他给撕巴了。

"我们这才知道，原来选帝侯自称能徒手将一块马蹄铁从中一掰两半，我们立刻明白了他要马蹄铁干什么。基尔科急匆匆跑进磨坊，从马厩里找来一块。

"'这里有一块！至高无上的选帝侯陛下！'

"选帝侯双手握住马蹄铁的两端，那些带着马和猎犬在一旁休息的宫廷猎手们纷纷起身，举起号角，鼓起双腮。就在选帝侯将马蹄铁掰断的那一刻，号角齐鸣，猎手们的腮帮子鼓得像管风琴的风囊。在震天的号角声中，选帝侯高高举起两片断裂的马蹄铁，展示给周围的人看。接着，他询问随行的猎手们，谁能效仿他。

"大家都不敢应声，只有基尔科兴奋得忘乎所以。他走上前去，对选帝侯说：'我可以。若蒙您允许，我还有更拿手的——我能将掰断的马蹄铁复原。'

"'这个嘛，'选帝侯说道，'每个铁匠都能做到。'

"'靠风箱和炉火自然轻而易举，'基尔科承认选帝侯的话的确有道理，'可赤手空拳就不容易了。'

"不等选帝侯张口，他便从选帝侯手中拿过两块铁片，将断裂处对齐，随后轻轻念了一句咒语。

"'请您过目！'

"选帝侯一把夺过基尔科手中的马蹄铁，从各个角度仔细打量。只见它完好无损，像刚铸出来的一样。

"'这是怎么回事？'选帝侯嘟囔道，'别想在我面前耍花招，我就不信它还能那么结实！'

"选帝侯打算再次将马蹄铁掰断，以为这不难办到。然而，他低估了基尔科的本事！他使劲掰，拼命掰，脖子上的青筋都快跟手指一般粗了；他满头大汗，眼珠子都快要蹦出来了。一开始，他脸色红得像火鸡，不久变成青紫，最后成了暗黑。由于用力过猛，他的嘴唇也变得煞白，像两道又白又细的粉笔线。

"过了一会儿，选帝侯一把扔掉马蹄铁，面色蜡黄的他此刻已经气得七窍生烟了。

"'把马牵过来，我们走！'选帝侯命令道。

"可至高无上的选帝侯殿下此刻已经双腿发软，连上马的力气都快没有了。打那以后，为了避开科斯维希附近的磨坊，他宁愿绕远道。"

就这样，师傅一边喝酒，一边讲故事，滔滔不绝地讲述年轻时候他和基尔科的那些往事，尤其是关于自己的逸事。他一直讲到深夜，天空挂满星星，月儿也已从马厩顶上爬了上来。这时，米切尔问师傅，那个基尔科后来怎么样了。

"基尔科吗？"师傅双手捧着酒壶说，"后来我把他杀了。"

伙计们听后，惊得差点儿从板凳上跳起来。

"没错，"师傅重复道，"我把他杀了——有朝一日，我会跟你们聊聊这档子事的。这会儿我渴了,快拿酒过来,把酒拿来!"

师傅再也没说一句话,一直闷头喝酒,直到最后瘫倒在椅子上,眼睛直勾勾地瞪着前方,像个死人。

师傅的模样令大伙儿不寒而栗,没人敢将他抬进屋子,只能让他在外面坐着,直到第二天清晨他自己醒来,悄悄回到床上。

斗　　鸡

　　偶尔会有些四处游荡的磨坊伙计来到科泽尔布鲁赫，打算在这里讨些吃食，请求借宿，这是当地的风俗，也是磨坊伙计们的正当权利。然而，在黑水河畔的磨坊主这里，他们却没这么幸运。因为，即便他原本有义务为路过的同行提供一天的食宿，他也不打算遵守这行规。他不仅将他们拒于门外，还往往恶语相向。他说自己不愿跟游手好闲之徒打交道，橱柜里的面包、锅里的麦片粥都不是给二流子们准备的，让他们赶紧滚，不然会放出恶狗，将他们赶到施瓦尔茨科尔姆去。

　　大多数时候，师傅的所作所为足以让上门求助者转身离开，若有人表示不满，师傅也有办法让这帮饿鬼相信，再不走便会放恶狗咬他们，于是他们连忙挥舞着拐杖落荒而逃，一边叫骂，一边继续寻找下一家。

　　"我们这里可不能混进奸细，"师傅常常这样说，"也不收容吃白食的懒鬼。"

盛夏的一天，天气闷热，令人窒息。科泽尔布鲁赫沼泽的上空热气笼罩，空气滞重得让人喘不过气来。磨坊的池塘飘来一股股刺鼻的气味，这是藻类和淤泥散发出来的，一场暴风雨眼看就要来临。

吃过午饭，克拉巴特到池塘边的树荫下歇息。他双手交叉枕在脑后，脸朝上躺在草地上，嘴里嚼着一根草。不一会儿，无精打采的他就合上了眼睛。

迷迷糊糊中，他听见有人吹着口哨走过来。睁眼一看，只见面前站着一个流浪的磨坊伙计。

这个高高瘦瘦的陌生人看上去已不再年轻了，皮肤像吉卜赛人一样黝黑黝黑的，头上戴着一顶高高的尖帽子，十分扎眼，左耳垂上挂着一个细细的金耳环。其他装扮倒是跟一般的磨坊伙计没有区别：宽大的亚麻裤子，腰间插着一把短斧，左肩斜挎着行李卷。

"你好，兄弟！"那人大声招呼道。

"你好！"克拉巴特打着哈欠问候道，"你打哪儿来？要到哪里去？"

"从来处来，到去处去。"陌生人回答道，"带我去找你们磨坊的主人吧！"

"他在自己的房间里。"克拉巴特懒洋洋地说，"进走廊后左边的第一间屋子就是，不容易搞混的。"

陌生人一脸讥笑地盯着克拉巴特。

"照我说的做,兄弟!带我去见你们的师傅!"

克拉巴特感到陌生人身上透着一股巨大的力量,这力量驱使他从地上爬起来,按照来人的吩咐,在前面带路。

此刻,师傅正坐在自己屋子里的桌子顶端。当克拉巴特领着陌生人走进来时,他很不情愿地瞥了一眼来人,可那人却似乎对此并不介意。

"向您致意!"陌生人高声说道,并稍稍抬了抬帽子意思意思,"请接受我衷心的问候,师傅!麻烦您按行规给我提供些食宿方便。"

师傅又用惯常的手法想将来者赶出去,陌生人却毫不在意。

"什么放恶狗咬我这种事,你可以省省了。"陌生人说,"我知道你根本没什么恶狗。说吧,你到底是给还是不给?"

他不由分说一屁股坐在桌子另一端的椅子上。克拉巴特完全被搞糊涂了。师傅怎能容忍这种事发生?他应该早就跳起来把陌生人轰出去的,必要时还会大打出手……可此刻他为什么啥也不做呢?

两人一言不发地坐在桌子的两端,死死盯着对方的眼睛,都是一副怒不可遏的样子,好像他们时刻准备拔刀刺向对方的喉咙。

外面传来第一阵雷声,远远的,像喃喃低语,不细听难以分辨。

这时汉佐来到了师傅门口,然后,米切尔和麦尔腾也过来了。伙计们接二连三地涌进房间,全都聚齐了。据大家事后回忆,他们都是突然产生了要过来看看师傅的愿望,这是完全偶然冒出来的想法,像有什么东西抓住了他们,把他们领到这里来的……

雷声更近了,一阵风刮过来,窗子噼啪直响,紧接着一道闪电划破天空。陌生人噘起嘴,往桌上吐了口唾沫。唾沫刚刚落下,那里便出现了一只红色的老鼠。

"来吧!磨坊主人,你也吐上一口!"

师傅往桌上吐了一只黑老鼠,它跟主人一样也是独眼。两只老鼠非常敏捷地互相围着对方兜圈子,都想瞅准机会冷不防咬住对方的尾巴:红鼠想咬黑鼠,黑鼠也不打算放过红鼠。眼看黑鼠就要下口之际,陌生人打了一个响指。

随着这声响,原来蜷缩着红鼠的地方,此刻却蹲着一只公猫,正准备跃身而起。与此同时,黑鼠也变身成了一只黑色的独眼公猫。两只猫发出愤怒的呜呜声,露出致命的利爪,一心想杀死对方。

一时间,抓挠声和撕咬声不绝于耳。

红猫瞄准黑猫的独眼,猛地跃身而起,直扑过去,差点儿把那只独眼挖了出来。

这次是师傅连忙打了个响指。转眼间,那黑猫突然变成了一只黑色的公鸡。它扇动着翅膀,用尖嘴和利爪愤怒地向对手发起了攻击。红猫吓了一跳,连连后退——很快陌生人又打了个响指。

此刻,红猫也摇身一变,于是,一红一黑两只公鸡在桌子上对峙着,鸡冠直立,鸡毛奓开。

外面暴雨倾盆,但谁也没有理会。伙计们全被两只公鸡之间激烈的殊死搏斗吸引住了。只见它们高高跳起奋力扑向对方。双方的尖喙和利爪都雨点般落在对方身上,用来防卫的翅膀也被啄得羽毛乱飞,刺耳的尖叫声更是不绝于耳。

最终,红色公鸡一跃扑到了黑公鸡的背上,利爪牢牢戳进黑鸡的皮肉,凶狠地揪扯着它的羽毛,怒不可遏地一阵狠啄——直到黑公鸡落荒而逃。

红色公鸡仍不罢休,它追着黑色公鸡跑了半个磨坊,最后把它赶到科泽尔布鲁赫的沼泽地里去了。

这时,天空划过一道明晃晃的闪电,紧接着响起轰隆隆的雷声,像成千上万的人擂响了大鼓。最后的闪电过后,一切归于沉寂,只有雨水顺着窗子簌簌而下。

"你输掉了这场格斗,"陌生人开口说道,"黑水河畔的磨坊主,现在我饿了,赶紧给我去拿些吃的来,别忘了还要葡萄酒!"

此刻,师傅脸色惨白,他慢慢地从椅子上站了起来,亲自去给这位陌生的流浪磨坊伙计端来了面包、火腿、熏肉和奶酪，还有黄瓜和酸洋葱。最后又从地窖里拿上来一壶葡萄酒。

"这酒太酸了！"陌生人尝了一口后说道，"你再下去一趟，从后头右边墙角的那个小桶里给我取些酒来。这酒你通常在特殊情况下才会享用——今天这情况就很特殊。"

师傅咬紧牙关强忍着，他输了这场争斗，现在只好忍气吞声。

四下里一片寂静，陌生人从容地享用着丰盛的食物。师傅和伙计们则在一旁默默地看着，他们像生了根似的站在那里一动不动，眼神一刻也没从陌生人身上移开。终于，在酒足饭饱之后，那人将盘子碟子推到一旁，用袖子擦了擦嘴，说道：

"嗯，味道不错，量也很足……祝你们健康，兄弟们！"说罢，他举起酒杯向伙计们致意。"至于你嘛，"他转身对师傅说道，"以后要是再把陌生人拒于门外的话，先要瞧仔细点儿！这就是我'尖帽子'今天给你的忠告！"

说完，他站起身来，将短斧插到腰间，背起铺盖卷走出磨坊。克拉巴特和伙计们跟着挤了出去，把师傅一个人晾在那里。

外面，暴风雨停了。太阳照在雾气腾腾的科泽尔布鲁赫上空，空气如同泉水般清新。

"尖帽子"径直往前，头也没回。他穿过湿漉漉的草地向林子走去，边走边吹口哨。耳垂上的金耳环在阳光的照耀下一闪一闪的。

"我不是跟你们说过吗?"安德鲁施说,"跟'尖帽子'打过交道的人,都是事后才发现的。他们都会懊悔,怎么不早一点儿认出他来……"

整整三天三夜,师傅把自己锁在"黑室"里。磨坊伙计们个个小心翼翼,连走路都踮起脚。他们眼睁睁旁观了"尖帽子"战胜师傅的全过程,所以也知道,难受的日子在等着他们。

到第四天晚上,这事情就发生了。晚饭时,师傅出现在雇工间,喝令大家放下面前的食物。"立刻去干活儿!"他显然喝多了,浑身酒气熏天,脸颊凹陷,面如死灰,胡子拉碴。

"赶紧去磨粉间,还等着我赶你们去吗!滚!让磨轮转起来!把粮食倒进去!启动所有的磨机!谁敢磨洋工,就让他尝尝我的厉害!"

伙计们累死累活在磨坊里干了一个通宵。师傅在一旁不停地催促,毫无怜悯之心。他一边叫骂,一边诅咒,四处威胁,让伙计们片刻不得安宁。整整一夜,他们都没能休息,连喘口气的机会都没有。

天色在大家的期盼下,终于蒙蒙亮了,所有伙计都累得散了架似的。大家都觉得自己的骨头像是被人用棍子敲碎了似的,连呼吸都很艰难。师傅这才打发他们去睡觉,让他们恢复一下体力。

白天很太平，可到了晚上一切又周而复始，夜复一夜。天一黑，师傅就赶着伙计们去磨粉间，然后在师傅的叫骂、诅咒声中，大家累死累活地干到天亮。

只有礼拜五的夜里，伙计们不必受这份罪，因为要照常上课。但大家个个疲惫不堪，变成乌鸦在横杆上蹲着时，几乎很难保持清醒，有的甚至会睡着。

师傅并不理会这些，学生们怎么学，能学会多少，完全是他们自己的事情。只有一次，当维特科因为打盹从横杆上啪嗒一声掉下来时，师傅才斥责了他几句。

在所有伙计中，维特科学得最差，因为他还在长身体。夜间的劳作对他消耗最大。米切尔和麦尔腾尽力关照他，汉佐、克拉巴特和斯塔施科也在干活儿时纷纷对他施以援手。然而，师傅却无处不在，什么都很难逃出他的独眼。

再也没人提到过"尖帽子"，尽管如此，大伙儿都心知肚明：师傅吃亏的时候大家都在场，所以师傅一定不会轻饶他们。

这种状态持续了数个礼拜，直到九月的第一个新月夜。像往常一样，那个头插羽毛的神秘人物又驾车来到磨坊，伙计们赶紧卸车，师傅爬上驭手的高座，把鞭子抽得啪啪直响。伙计们一路小跑，默默地将装得满满的口袋扛到磨粉间，然后将东西倒进"死磨"的漏斗里，再急匆匆跑回马车旁。一切跟从前每个新月夜的情形一模一样,当然,只是这天夜里大伙儿会感到更加疲惫。就在第二天的黎明时分,维特科实在撑不下去了,在还剩最后几口袋的时候,他走路开始打晃儿,接着就瘫倒在磨粉间与马车之间的半道上,脸朝下趴在草地上,呼哧呼哧捯气儿。米切尔连忙上前将他翻过身来,帮他解开衣服。

"嘿!"师傅从马车上跳了下来,"这干吗呢?"

"你还问哪,"米切尔站起身来,打破了新月夜必须保持沉默的规矩,"都连续好几个礼拜了,你天天夜里让我们当牛作马——这孩子怎么扛得住?"

"不许出声!"师傅大声喊道,他挥舞鞭子向米切尔抽去,鞭梢噼里啪啦绕住米切尔的脖子。

"住手!"

克拉巴特第一次听见那神秘的陌生人开口说话,他的声音里交织着烧红的木炭和开裂的寒冰发出的动静。霎时间,克拉巴特只觉得后背一阵冰冷的寒气在往下走,同时又感到自己正置身于一堆熊熊燃烧的烈火中。

头插羽毛的人示意米切尔将维特科扶走,然后从师傅手中夺过鞭子,并一把将他推下马车。

米切尔将维特科送回阁楼的同时,师傅不得不顶替维特科干完这天夜里剩下的活计,而往常师傅只是在元旦和复活节之间才不得不干活儿的。伙计们看在眼里,无不幸灾乐祸。

空 棺 材

　　从第二天起,伙计们终于又可以消停了,只有米切尔脖子上的鞭痕还在提醒他们,师傅曾经连续数个礼拜夜复一夜地折磨过他们。从现在起,磨坊又恢复了白天干活儿傍晚收工的节奏,这让他们轻松不少。晚上他们又可以干些自己喜欢的事:玩口技,讲故事,削木勺,等等,一切又都恢复到从前的样子。大伙儿手上的血泡干了,前胸和后背上的伤口也很快结了痂。每逢礼拜五师傅给他们朗读《魔法大典》时,他们又都学习热情高涨,成效显著。师傅提问时,一般只有尤洛会结结巴巴不知所云——不过尤洛一贯如此,大家也都习以为常了。

　　米迦勒节过后没几天,师傅派培塔尔和克拉巴特前往霍耶斯韦达,去拉一桶盐和一些厨房所需之物。师傅从不派人单独外出,一般至少会同时派两个人。他这么干可能有自己的道理,或者说有自己的章程。

　　拂晓时分,克拉巴特他们套上一匹栗色马,驾着两侧有栅栏的马车出发了。科泽尔布鲁赫沼泽上方雾气弥漫。他们穿过林子后，太阳已经升起来了，大雾也随之散去。

转眼间，施瓦尔茨科尔姆就出现在眼前。

克拉巴特十分期待能遇见康朵尔卡。驾车穿过村庄的时候，他东张西望，却一无所获。村头村尾的水井旁都有姑娘拎着水桶在闲聊，却唯独不见她的倩影。他的眼睛扫过村里的每一个角落，都没有找到心上人的踪影。

克拉巴特心里十分难过，他多么希望能再次见到自己心爱的姑娘啊！自那个复活节之夜以后，时间已经过去很久了。

"没准儿我下午回来路过这里时能见到她？"他心中暗想。也许不抱任何希望更好，那样就不会感到失望了。

下午，当他们载着一桶盐和一些厨房杂物从霍耶斯韦达回来的时候，他的愿望竟然真的变成了现实：康朵尔卡出现在不远处的村尾水井边，身边围着一群咯咯直叫的母鸡，她一手端着草编的盆，一手给母鸡们喂食，嘴里还不停地"咯咯、咯咯"唤着鸡群。

克拉巴特一眼就认出了姑娘。马车经过她身边的时候，他对她点头示意，但做出很随意的样子，生怕培塔尔有所觉察。康朵尔卡也看似不经意地冲他点了点头，表现出对待陌生人该有的善意，似乎那些正等着喂食的鸡都比眼前这个人要紧得多。

母鸡群里有一只漂亮的大花公鸡很扎眼,它正埋头在姑娘的脚边啄着谷粒。此刻,克拉巴特非常嫉妒它,心中暗想,要是自己能跟那只幸运的公鸡互换一下角色该多好啊!

这一年的秋天拖得很长,天气阴冷潮湿,雾气蒙蒙,雨水很多。这期间,遇上天气还过得去的日子,伙计们连忙抓紧时间运回了过冬的泥炭。其他时间大伙儿都在磨坊里干活儿,有时候还会在仓库里、马厩里、草棚里或工具间里工作,只要不用冒雨外出,大家干什么都很开心。

自年初以来,维特科明显长高了许多,只是依然瘦骨伶仃。

"我们得在他头上加块砖压一压,"安德鲁施说,"要不然他会长得比我们还高!"此外,斯塔施科建议像饲养圣马丁节上待宰的肥鹅那样,拼命给维特科喂食:"他需要贴点儿膘,屁股上还得长点儿肉,要不然看起来跟稻草人似的!"

最近,维特科的下巴和上唇长出了毛茸茸的小胡子,当然也是红褐色的。维特科对大家的评头论足并不介意,克拉巴特反倒更加留心,他分明看得出一个少年是如何在一年之内变老了三岁。

这年的第一场雪降临在安德烈亚斯之夜,后来越下越大。不安和恐惧再次笼罩了科泽尔布鲁赫磨坊,伙计们又变得沉默寡言、易怒好斗。一点儿微不足道的小事就会引发激烈的争斗。时间一个礼拜一个礼拜过去，没人争吵和打架的安宁日子越来越少了。

克拉巴特想起了去年这个时候跟佟达的谈话。难道现在他们中又有一个人即将面临死亡，所以伙计们才会如此焦躁不安、心惊肉跳吗？

他这个想法并不是现在才冒出来的，至少在见过那"荒滩"和一排平缓的山包时就已经萌生出来了。那些山包好像一共七个还是八个，也许更多。他没有仔细数过。此刻，他理解了大伙儿的恐惧，同时也在分担这种恐惧。也许除了维特科，他们中的每一个人都可能被轮到。可是会轮到谁呢？为什么恰恰是这个人呢？

克拉巴特不敢问大伙儿，也不敢找米切尔打听。

克拉巴特比往常更频繁地掏出佟达送的那把刀子，时不时地弹出刀身，查看一下刀刃。刀身一如既往地锃亮发光，看来他眼下并未身处险境——可谁能保证它明天不变黑呢？

木棚里已经备好了一具棺材，这是克拉巴特在圣诞夜前一天偶然发现的。那天他碰巧去取木头。棺材上盖了一块车篷布，要不是他打棺材旁边经过时不小心撞到上面，克拉巴特几乎不会注意到它。

这棺材是谁做的？打什么时候起搁在这里的？这是给谁做的呢？

这些问题一直纠缠着克拉巴特，这天剩下的时间里，他一直在苦苦琢磨，直到深夜入梦。

克拉巴特在木棚里找到了一具棺材，松木的，上面盖着一块车篷布。克拉巴特小心翼翼地移开棺盖，往里面瞅了一眼——里面空空的。

然后，他决定劈了这棺材，他实在无法眼睁睁看它摆在这里，等着某个人入殓。

克拉巴特挥起斧头动手就劈，从上往下，将木板一块块撬开，然后劈成巴掌大小的碎块。他打算用筐子装上，送到尤洛那里当柴火烧了。

当他环顾四周找筐子时，只听噼啪一声，劈碎的木板又凑在了一起，眨眼间变成一具完好无损的棺材。

于是，克拉巴特又一次抢起斧头就砍，把棺木砍成碎片。可还没等劈完，随着噼啪一声，棺材又复原了。

克拉巴特怒气冲冲，他又开始第三次去砍。他不停地劈啊，削啊，直到棺材成了一堆刨花和木屑，可这有什么用呢？他还是白费力气。噼啪一声，棺材又好端端地立在那里了，一点儿裂缝和刨痕都没有。它赫然立在那里，等着装殓那个肯定会来的人。

克拉巴特吓得魂飞魄散，拔腿向科泽尔布鲁赫大沼泽跑去。外面大雪纷飞，暴风雪挡住了他的视线。克拉巴特不知道自己究竟跑向何方。他十分恐惧棺材会在身后追着他，跑了一阵后他才停下脚步，侧耳细听。

身后并没有令他恐惧的僵硬脚步声，也没有嗡嗡作响的轱辘声，只是在他前面几步远的地方出现了嚓嚓声和沙沙声，好像有人在沙堆里刨挖，而沙子似乎被冻住了。

克拉巴特循着声音走过去，来到了"荒滩"上。在漫天飘舞的雪花中，他依稀看见了一个身影，正在用锄头跟铲子挖坑，那是最后一排山包的顶端，靠近树林的位置，正是夏天那朵多余的杜鹃花落下来的地方。克拉巴特觉得这个身影很熟悉，应该是磨坊伙计中的一员，只是雪花弥漫，自己无法看清。

"喂，你是谁呀？"他想喊。

可他发不出声音来，而且他的腿也无法挪动一步，只能在原地一动不动。他的双脚被牢牢冻在地上，失去了行动的自由。

"真该死！"他想，"难道我瘫了？——我得再挪动几步……我必须……必须……"

他汗如雨下，拼尽了最后的力气，可双脚仍不听使唤。他想尽一切办法，依然无法移动半步。雪不停地下着，纷纷扬扬，渐渐地，克拉巴特被雪覆盖了……

克拉巴特大汗淋漓地从噩梦中惊醒，掀开被子，将身上冒着汗味的褂子扯下来，然后下床走到阁楼的窗前向外张望。

此刻已是圣诞节的清晨，昨夜下了一场大雪。他看见雪地上有一行清晰的脚印通向科泽尔布鲁赫大沼泽。

当他准备去水井边洗漱的时候，米切尔扛着锄头和铁锹走了过来。他弯着身子，步履沉重，脸色苍白。克拉巴特想上前搭讪，他摇头拒绝了。两人什么都没说，但彼此心照不宣。

从此，米切尔跟变了个人似的，他既不跟克拉巴特说话，也不跟其他人打交道，连他的表兄麦尔腾也不例外。他跟大家之间如同隔了一堵墙，好像早已跟他们不是一个世界的人了。

就这样一直挨到新年前夜。

这天一大早师傅就销声匿迹了，一整天都没有露面。夜晚来临时伙计们纷纷上床了。

克拉巴特本来打定主意，夜里一定保持清醒，却不料也跟大伙儿一样沉沉睡去。半夜他醒了，开始侧耳细听。

一开始传来的是一阵闷闷的轰隆声——然后是一阵惨叫——最后又一切归于寂静。

麦尔腾这样一个虎背熊腰的汉子，此刻竟哭得像个孩子。

克拉巴特拉起被子将耳朵掩住，十指抠进草褥子里，恨不得立刻死去。

元旦早晨大伙儿发现了米切尔，他躺在面粉间的地上。屋梁上的橡木大秤掉下来，砸断了他的脖子。伙计们用木板将他抬到雇工间，在那里跟米切尔做最后的告别。

尤洛负责料理米切尔的后事：给他脱衣，擦洗，然后将他放入松木棺材，并在他的脖子下面垫了一把干草。下午大家把他抬到"荒滩"，将他葬入最后那排山包最顶头的墓穴里，紧挨在树林旁。

大伙儿草草将米切尔埋了，然后匆匆离开，未做片刻停留。

只有麦尔腾一人留了下来。

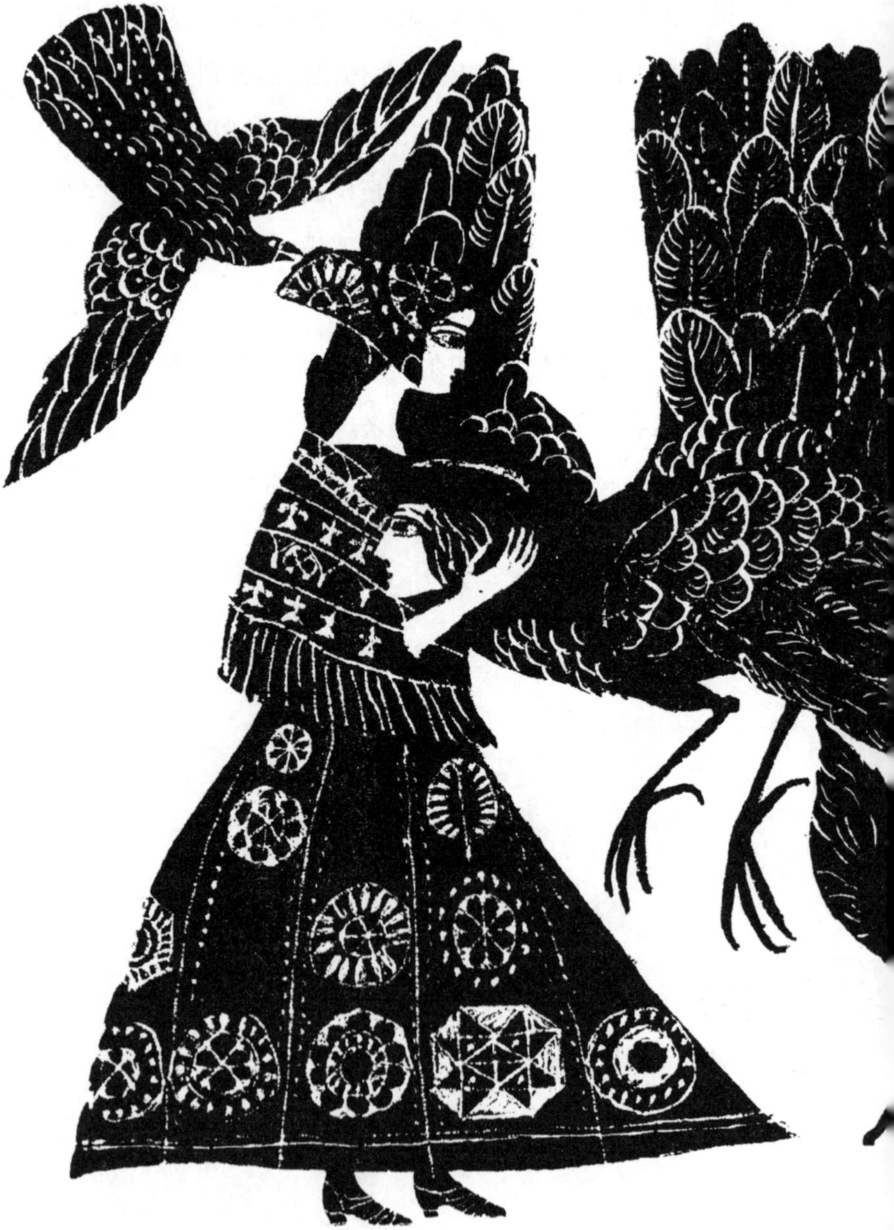

第三年

黑人之王

接下来的几天里师傅一直不见踪影,磨坊里也静悄悄的。伙计们要么在床板上横七竖八地倒卧着,要么蹲在火炉边取暖。科泽尔布鲁赫的这座磨坊里真的曾经有过一个叫米切尔的伙计吗?大家只字不提,就连麦尔腾也没再说起过。他从早到晚呆坐在一旁,一言不发,唯有一次例外:元旦那天晚上,尤洛把死者的衣物送来,将之搁在空铺的床尾,此前,一直发呆的麦尔腾仿佛突然醒了似的,冲进仓库,一头扎进干草堆蜷缩到第二天早晨。从此,他就完全陷入了自闭的状态:不看,不听,不说,不做,一天到晚枯坐着。

这些天里,克拉巴特的脑海里始终萦绕着几个折磨着他的问题:显而易见,佟达和米切尔并非死于偶然,而且两人均死于新年前夜。这玩的是哪一出呢?是谁在玩这个死亡游戏?而遵循的又是什么游戏规则?

师傅直到三王来朝节前夕才回到磨坊。当时维特科正想熄灯,阁楼的门突然被打开,师傅出现了,他面色惨白,像抹了一层石灰。师傅环顾了一下四周,米切尔不在了,他却好像根本没有发现。

"快干活儿去!"他命令道,然后转身走了,而且当天夜里再没出现过。

伙计们匆匆穿上衣服,向楼梯口跑去。

培塔尔和斯塔施科急忙奔向磨坊的池塘,开闸放水,其他人则跌跌撞撞涌进磨粉间,有的往漏斗里倒粮食,有的启动磨机。当碾磨伴随着轰隆隆的声响嘎吱嘎吱开始转动时,伙计们的心也随之放松了下来。

"磨轮又转动起来了!"克拉巴特暗自思忖道,"日子还得往下过……"

午夜时分,他们终于干完活儿了,回到住处时,发现米切尔的铺位上躺了一个人:一个十四岁上下的男孩儿。相对于他的年龄,他的身材瘦小得可怜。大家注意到,这小个子脸蛋黑乎乎的,两只耳朵却通红通红。伙计们满是好奇地围在他身边,手里擎着灯的克拉巴特也把灯光凑到那孩子面前。很快,那小不点儿惊醒过来,看见十一个幽灵似的人围在床边,整个人都惊呆了。

"你别害怕!"克拉巴特对他说,"我们是这里的磨坊伙计。你用不着怕我们。你叫什么名字?"

"罗波施。你呢？"

"我是克拉巴特。这是……"

那黑脸小不点儿打断了他的话：

"克拉巴特？我以前也认识一个叫克拉巴特的……"

"是吗？"

"可他肯定比你小得多。"

这会儿克拉巴特才恍然大悟。

"原来你是马克多夫的罗波施呀！"克拉巴特大声说道，"对了，你这么黑，是为了要扮演黑人之王行乞来着！"

"是呀，"罗波施说，"今天是最后一次，现在我可是这磨坊的学徒了！"

他的语气里充满自豪，然而一旁的伙计们心里却是另一番滋味。

第二天早晨罗波施去吃饭时，身上穿的是米切尔的衣服，虽然他拼命清洗了脸上的黑炭，可眼窝和鼻子周围仍残留着黑色。

"这有什么！"安德鲁施说，"在磨粉间里干上半天，就啥都没了！"

小不点儿饿坏了，拼命喝粥，连头都不抬。克拉巴特、安德鲁施和斯塔施科跟他从同一个盆里盛粥，他那吃起来没够的样子把他们惊着了。

"要是你干活儿跟吃饭一样卖力,"斯塔施科说,"那我们就都可以歇着了!"

罗波施抬起头不解地看着他。

"我是不是该少吃点儿啊?"

"尽管吃吧!"克拉巴特说,"有你费力气的时候!在我们这儿,挨饿可只能怪自己!"

罗波施停了下来,他歪着脑袋,眯起眼打量着克拉巴特。

"你没准儿是他哥哥。"

"谁的哥哥?"

"嘿,另一个克拉巴特的哥哥呀!你知道的,我认识一个叫克拉巴特的。"

"就是曾经到过施蒂姆布鲁赫,后来又在大帕尔特维茨村跟你们不辞而别的那个人?"

"你打哪儿知道这些的?"罗波施吃惊地问道,然后他敲了敲自己的额头。"你看看,"他大声说,"我想到哪儿去了!那会儿我以为你可能比我大一岁半,顶多大两岁……"

"大五岁。"克拉巴特说。

就在这时,门打开了。师傅走了进来,伙计们连忙低下了头。

"喂!"他冲着新来的学徒喝道,"你初来乍到的,怎么那么多话?把这毛病改了!"然后又转身对克拉巴特、斯塔施科和

187

安德鲁施说:"让他喝他的粥,别在这儿瞎扯,你们得让他学点儿规矩!"

说完,师傅离开了雇工间,门在他的身后嘭的一声关上了。

罗波施好像一下子就吃饱了,把勺子扔到一旁,耸起肩膀,耷拉着脑袋。

当他抬起头时,克拉巴特隔着桌子冲他点了点头,虽然这个动作几乎无法被察觉,但小不点儿似乎还是明白了其中的暗示。此刻他明白了,在科泽尔布鲁赫的磨坊里,自己有了一个朋友。

像每个新来的学徒一样,罗波施上工的第一天上午,也没能逃脱面粉间的那个下马威。

吃过早饭,师傅便把他带走了。

"他会比我们强点儿吧?"吕施科说,"这点儿粉尘也不至于要了他的命呀!"

克拉巴特没有搭理他。他想起了佟达,又想起了米切尔。假如自己想帮罗波施一把,就不能有一丁点儿疏忽,绝不能引起吕施科的怀疑。

眼下他什么忙都帮不上,这小不点儿得靠自己撑过这个上午:在浓雾般的粉尘中挥动扫帚,睫毛被糊住,鼻子被堵死。什么也帮不上他,他必须靠自己过这一关,这点是无法改变的。

克拉巴特好不容易才挨到尤洛喊大家吃饭。当大伙儿纷纷涌进雇工间的时候,他冲到面粉房,拔掉插销,打开房门。"赶紧出来吧!该吃午饭了!"

罗波施蹲在角落里,双手撑着脑袋。听到克拉巴特的喊声,他吓了一跳,然后拖着扫把缓缓来到门口,用大拇指指了指身后,低声承认道:

"这个我真的干不了,干了一会儿就收手了,上一边蹲着去了。你说师傅会不会把我赶走呀?"

"他没有理由赶走你的。"克拉巴特说。

随后,他念了一段魔咒,用左手在空中画了一个五角星。转眼间,粉尘飞舞,就像一阵旋风从各个犄角旮旯吹过,最后粉尘化成一缕白烟,掠过罗波施的头顶,向门外飘去,飘向森林。

此刻,面粉间干净极了,一粒粉尘都没有。小不点儿眼睛睁得大大的。

"这是怎么做到的?"他不解地问。

克拉巴特没有回答他的问题,只是说:

"答应我,别跟任何人透露这事——咱们得赶紧去吃饭,罗波施,要不然汤该凉了。"

晚上,新来的学徒睡下后,师傅让伙计们和维特科去他的房间。同去年三王来朝节之夜克拉巴特行满师礼的程序一样,现在他们也按照磨坊规矩和行业习俗为维特科举行满师礼。汉

189

佐和培塔尔作为维特科的担保人与师傅进行答辩，随后便宣布红发小子维特科满师了。师傅用斧刃碰了碰维特科的头顶和肩膀，然后高声说道："依照行规，维特科……"

安德鲁施在走道里准备了一只空面粉口袋。维特科刚走出师傅的房门，伙计们就冷不防地用口袋将他套住，将这新鲜出炉的磨坊伙计抬到磨粉间，让他"去去壳，蜕蜕皮"。

"你们手下留情！"汉佐提醒道，"他瘦得跟麻秆儿似的！"

"管他是不是麻秆儿！"安德鲁施说，"磨坊里干的可不是什么缝补绣花之类的活儿，他要经得起折腾。弟兄们，抓牢口袋，我们把这道工序做完。"

接着，他们按照习俗将维特科搓揉个够。安德鲁施早早就要伙计们住手，别像当初折腾克拉巴特那么久。

培塔尔把罩住维特科的面粉口袋褪下来，斯塔施科将一捧面粉撒在维特科的头顶上，这下他可算是被磨炼透了。然后大家抓起维特科，连续三次将他抛向空中。接下来轮到维特科给大伙儿挨个儿敬酒。

"为你的健康干杯，师兄！"

"祝你好运，兄弟！"

这晚的葡萄酒并不比往日的差，可不知为何，在这个三王来朝节之夜大家无论怎么都有些乐呵不起来。这都怪麦尔腾，整整一天，无论是干活儿还是吃饭，他都闷声不响，就连大伙儿在一起"蹂躏"维特科的时候，他也只是默默待在一旁。这会儿，大家都忙着喝酒碰杯，他又无动于衷地坐在一个面粉箱上发呆，好像石化了。似乎没有什么能触动他，也没有什么能打破他的沉默。

"嘿！"吕施科冲麦尔腾喊道，"我说，你别总一副倒霉相呀！"他笑着端起满满一杯酒举到麦尔腾面前，"一口气干了它，麦尔腾。别老在我们面前摆出一副受苦受难的样子。"

麦尔腾站起身来，一言不发，冲吕施科一挥手，将他手中的酒杯打落到地上。两人面对面站着，四目怒视。吕施科开始冒汗，伙计们也都屏住了呼吸。

整个面粉间突然安静下来，死一般地寂静。

这时，他们听见从外面的走廊里传来一阵窸窸窣窣的脚步声，那声音正犹犹豫豫地向前挪动着。所有人，包括麦尔腾和吕施科都朝门口望去。站在门边的克拉巴特打开房门，只见罗波施光着脚，穿着衬衣，裹着被子站在门口。

"原来是你呀，'黑人之王'。"

"嗯，是我。"罗波施说，"我一个人待在阁楼上好害怕。你们还不睡呀？"

飞　越

　　这个罗波施太可爱了！打他来到磨坊的第一天起，大伙儿就都喜欢上了这个小不点儿。连麦尔腾对他也很和善，虽然这种和善并不表现在言谈话语间，而是显露在一次点头、一个眼神或一个手势上。

　　而对其他人，麦尔腾则一律采取隔绝的态度。他默默干活儿，按照磨坊的节奏该干什么干什么，不管师傅还是伙计们对他说什么，他都不反对，也不固执己见。无论何时他都不跟任何人说一句话。就连每礼拜五晚上，师傅给大伙儿讲授《魔法大典》后，开始轮流提问时，麦尔腾也三缄其口，一直保持着自元旦开始的缄默。师傅对此并不在意。"你们是知道的，"他对伙计们说，"魔法这门神秘的学问，你们愿不愿意学，愿意学多少，愿意为之付出多少努力，对于我来说都无所谓！"

　　克拉巴特颇为麦尔腾担心，他觉得应该尝试着跟麦尔腾谈一谈。有一天终于出现了一个恰当的时机。当时，他被分派跟培塔尔和麦尔腾在谷仓翻晾粮食,正准备动手之际,汉佐突然跑过来叫培塔尔去马厩干活儿。

"你们先自己在这儿干着,只要那边人手一够,我就会让他上来的。"

"没问题。"克拉巴特说。

等汉佐和培塔尔离开后,克拉巴特连忙将谷仓门关上,把铲子放到角落里,然后走到麦尔腾身边,把手搭在他肩上,说:"你知道米切尔当时是怎么跟我说的吗?"

麦尔腾向他转过脸来,抬眼望着他。

"死者不能复生。"克拉巴特说,"他对我说了两次。在说第二次的时候,他还告诉我,在科泽尔布鲁赫的磨坊里,不管谁死了,都会被大伙儿彻底遗忘,好像这个人从来都不曾存在过。只有这样,其他人才能活得下去,他们也不得不活下去。"

麦尔腾静静地听完了他的这席话,然后默默把手伸到肩上,把克拉巴特的手拂开,继续闷头干活儿。

克拉巴特拿麦尔腾一点儿办法也没有。他该怎么办呢?要是佟达还在,肯定能给他出主意,米切尔要是在世,也会助他一臂之力。可现在克拉巴特要单独面对这些,真是太难为他了。

幸运的是他还有罗波施!

相比以前那些初来乍到的学徒,这孩子的处境没有丝毫的好转,要是没有克拉巴特暗中出手相助,最初的那段时期他几乎熬不过去。

克拉巴特懂得如何不露声色,他只是在罗波施干活儿时假装不经意走过他身边,次数也不能过于频繁,还要做出纯属偶然碰上的样子。那时,他会在罗波施身边稍做停留,聊上几句,有意无意地将手搭在这孩子的肩上,给他注入力量。克拉巴特是照着佟达的法子做的,他在一个礼拜五的晚上学会了。克拉巴特曾再三叮嘱罗波施:"你可千万别让其他人看出来!尤其留神别让师傅发现。还要当心吕施科,他特爱去师傅那儿打小报告。"

"有人不准你帮我吗?"罗波施问,"要是被人知道了,会出什么事啊?"

克拉巴特告诉他:"这个你用不着管,要紧的是,你千万别把这秘密泄露出去!"

罗波施虽然年纪尚小,却也瞬间知晓了其中的利害。他在别人面前把戏演得很足,而实际情况远没那么严重。他干活儿时哈欠连连,动一下手就唉声叹气。每天晚上,一离开饭桌,他就连忙上阁楼睡觉,而且连爬楼的力气似乎都没有;每天早晨吃饭时,他就一副无精打采的模样,好像坐都坐不起来,随时要倒下去似的。罗波施老练地扮演着自己的角色,而这整出戏的知情人只限于他和克拉巴特。

罗波施不仅脑瓜灵活,而且演技十分了得。这点在两周后得到了充分的证明。那天,克拉巴特走过来时,罗波施正在磨坊后面忙着清理一堆冰雪,他上前问道:"我想问你点儿事,能告诉我吗?"

"如果我能……"克拉巴特说。

"自打我到了这磨坊,你就一直在帮我,这事还得瞒着师傅,不然你就会有麻烦——这事是肯定的,明摆着的……"

克拉巴特打断他道:"你就想问这个?"

"不是,"罗波施说,"问题还没说呢。"

"那是什么?"

"说吧,要我怎么报答你?"

"报答?"克拉巴特反问道,他本想打断话头,可随即又改变了主意。他说:"哪天我会给你讲讲我两个哥们儿的事,就是佟达和米切尔,他们都已经死了。你只要听我的话,就是最好的报答。"

一月底的时候出现了强烈的融雪天气,令人猝不及防。昨天的科泽尔布鲁赫还天寒地冻,今天一大早屋子四周却刮起了西风,对于这个季节来说,天气实在是太暖和了。更令人惊奇的是,在接下来的短短几天里,阳光普照,冰雪一下子就消融了,只有在沟渠里、土坑边和车辙中,还留着些许灰色的残雪。

然而，相比荒原上的褐色、田鼠挖出的土丘上的黛色、枯草丛中初露的那丝新绿，这点儿残雪又算得了什么呢？

"这是复活节前后才有的天气啊！"磨坊伙计们纷纷嘀咕。

连日和暖的西风让伙计们元气大伤，他们个个身体疲惫、心神焦躁，就像安德鲁施说的——"像喝醉了一样"。

这段时期以来，大伙儿睡不安寝，怪梦连连，还经常在梦里大声说话。梦醒之后，又久久无法入睡，在床上翻来覆去。只有麦尔腾从没动静，他躺在床上一动不动，就连在睡梦中也一声不吭。

这些日子克拉巴特常常想起康朵尔卡，他打定主意在复活节时无论如何都要跟她说上话。他也知道，现在离复活节还很早，可无论是走路还是站着，这个想法都一直在他脑子里打转转。

近日来，他已经有两三次梦到自己去找康朵尔卡了，他一直在路上奔波，却总到不了她身边，因为每次半道上都会有什么将他们隔开——而梦醒后他又想不起来阻碍他们相见的究竟是什么。

到底是什么呢？是什么阻碍了他呢？

梦的开始部分克拉巴特历历在目：他瞅准一个机会，从磨坊偷偷溜走，没有任何人看见或察觉到。他没有走通常前往施瓦尔茨科尔姆村会走的那条路，而是选择从沼泽地里穿过去。

这条道还是佟达领他走过的,是他们当年挖完泥炭回磨坊时走过的小路。梦到这里的时候,一切都很清晰,可后面的梦境就模糊了,这令克拉巴特饱受折磨。

一天夜里,躺在床上的克拉巴特被屋外呼啸的风声吵醒,无法入睡的他又开始琢磨那个梦。他执着地在脑海里反复重温着梦境的前半部分,第三次,第四次,第六次,直到进入梦乡。这一次,他终于把这个梦做完了。

克拉巴特跑出了磨坊,他抓住一个好时机溜出屋子,没人看见或察觉到。他想去施瓦尔茨科尔姆村找康朵尔卡,他没有走那条平时会走的路,而是选了那条穿过沼泽的小道,那年挖完泥炭回磨坊时,佟达曾领他走过这条路。

走着走着,行进在沼泽地里的他突然觉得有些不踏实。这时四周雾气升腾,他的视线也随之模糊起来,只能摸索着在晃晃悠悠的地上往前挪动。

他是不是偏离了道路呀?

他发现沼泥紧紧地吸着自己的脚后跟,每走一步,身体就会往沼泽里陷得更深一点儿,眼看着,脚背陷下去了……接着是脚踝……然后是半截小腿。他想,自己肯定是陷入泥潭了,得赶紧设法回到坚实的地面上去,可他越是奋力挣扎,便陷得越快。

沼泽像死亡般冰冷，稠糊糊、黑漆漆的。他感到自己的膝盖陷进去了，接着是大腿，然后是臀部，眼看他整个人就要被沼泥吞没了。

趁着沼泥还未及胸的时候，他开始大声呼救。他知道这没什么用处，谁能听见他在外面的呼喊呢？尽管如此，他还是声嘶力竭地一声声喊道："救命啊！救救我！我快陷进去了，救我！"

雾更浓了。终于，克拉巴特看见离他只有几步远的地方出现了两个身影。他认为自己看清楚了，朝他走过来的就是佟达和米切尔，于是大声喊道："站住！别走！——前面是泥潭！"

这时，那两个身影在浓雾中融合成了一个，这情形真是稀奇。合二为一的那个影子扔给克拉巴特一根绳子。绳子的顶端绑着一根横木。克拉巴特奋力拉过绳子，死死拽住横木——这时，他感觉到了，那影子正拽着绳子奋力将他从泥潭拖到坚实的地面上。

这一过程比克拉巴特想象的还快，此刻他站在救命恩人面前，正想道谢，只听那人开口道："什么也别说了。"

直到这时，克拉巴特才发现原来自己的救命恩人是尤洛。尤洛说："如果你下次还想去施瓦尔茨科尔姆，最好飞着去。"

"飞？"克拉巴特问，"你说什么呀？"

"飞呀，就是用翅膀飞呀。"

尤洛只说了这些,浓雾就将他吞没了。

"飞……"克拉巴特默默想着,"用翅膀飞……"突然,他灵光一现,同时很惊讶自己为什么从未想到过。

于是,像每个礼拜五的晚上那样,克拉巴特瞬间变成了一只乌鸦,随后展开双翅,腾空而起。他扇动几下翅膀,就冲出了笼罩的浓雾,向施瓦尔茨科尔姆飞去。

施瓦尔茨科尔姆阳光灿烂,从空中看下去,只见康朵尔卡正在水井旁喂鸡。她一手端着草编的盆子,一手抛撒谷粒——就在这时,一道黑影掠过克拉巴特的头顶,一阵苍鹰的尖叫声传入他的耳朵。紧接着他听到一阵阵嗡嗡声、呼哧声,克拉巴特在这最紧要的关头,向右一个急转弯。

苍鹰差一点儿就抓住了克拉巴特,但它还是扑了个空。

克拉巴特知道,这是性命攸关的大事,连忙收拢双翅,箭一般地俯身向下冲去。他就落在康朵尔卡身旁,周围的鸡群惊得四处乱飞。他在地上化身成人,现在,他终于安全了。

他眯起眼睛仰望了一下天空,苍鹰已不见踪影,或许它转身到别处去了。

可就在这时,师傅突然出现在水井旁,他怒气冲冲地向克拉巴特伸出左臂,大声命令道:"跟我走!"

"为什么?"康朵尔卡向前问道。

"因为他是我的人!"

"不!"她只说了这一个字,可语气里却没留一点儿商量的余地。

康朵尔卡伸出双手抱着克拉巴特的肩膀,又把自己的羊毛披肩围在他身上,柔软而温暖,就像一件大披风。

"走吧,"她说,"咱们现在就走。"

他俩头也没回,一起离开了。

逃　　跑

　　第二天早晨，大伙儿发现麦尔腾不见了。他的铺位收拾得很利落，干净整齐的铺盖叠放在床尾，工服和围裙挂在窄柜里，小凳子底下放着木鞋。谁也没看见麦尔腾是怎样离开的，直到吃早饭时他没出现，大伙儿这才发现他已经不见了。大家都很吃惊，在磨坊里四处寻找，但都没发现他的踪影。

　　"他逃跑了，"吕施科说，"我们得赶紧报告师傅！"

　　汉佐拦住了他。

　　"这事可归领班伙计管——你不会才知道吧？"

　　师傅知道麦尔腾逃走的消息，会暴跳如雷吧？会大声臭骂、叫喊、诅咒吧？大家惴惴不安地等着师傅的雷霆之怒，可师傅却并没做出类似的反应。

　　午饭时汉佐告诉大家，师傅并没把麦尔腾的失踪当回事。"这个麦尔腾异想天开呢。"师傅得知事情后，只说了这么一句。汉佐问现在该怎么办，师傅说："别管了，那小子会自个儿回来的。"汉佐还说，师傅说这话的时候还挤了挤眼，这可比一千句咒骂更可怕。

"当时我心里凉凉的，我觉得自己就像掉进了冰窟窿。但愿麦尔腾不会出啥事。"

"你想什么呢！"吕施科说，"每个从磨坊逃跑的人都该知道，这纯属自讨苦吃。不过，麦尔腾应该能扛一阵子，就他那虎背熊腰的。"

"你真这么觉得？"尤洛问。

"那还用说！"吕施科说。

为了加强语气，他还在桌子上擂了一拳。随着啪的一声，汤盆里的汤泼了出来，溅了他一身一脸。这菜汤刚刚出锅，又烫又稠，烫得吕施科直叫唤。

"谁干的？"吕施科一边拼命擦去脸上的菜汤，一边叫喊道，"到底是你们中间的哪个干的？"

很显然，伙计中肯定有一个人用这种法子收拾了吕施科。只有头脑简单的尤洛看起来没什么恶意，他只是心疼那些汤。

"下次可别敲桌子了，吕施科——至少别那么使劲。"尤洛说。

而麦尔腾的情况正如克拉巴特所担心的那样。黄昏时分，他回来了，一声不吭地出现在门口，耷拉着脑袋。

师傅当着大伙儿的面迎接他的归来,没有责备半句,而是一个劲儿地冷嘲热讽。他问麦尔腾,这次出门溜达一圈可还行?为什么这么早就回来了?是不是在附近几个村子里玩得不爽?要不就是有什么不得不回来的原因?

"你不想跟我说说吗,麦尔腾?我发现你有好几个礼拜闭口不开了。可我不会强迫你说话的,你还跑不跑,我也不在乎。你尽管再试试!只要你能做得到,想跑几次就跑几次!只是你别再自欺欺人了,麦尔腾,从前没人干成的事,你也办不到。"

麦尔腾仍然面无表情,只是不停地发抖。

"你就装吧,"师傅说,"你尽管做出一副被冻坏的样子,好像这次没跑成是天气太冷造成的!我们所有人,我和这十一个人,"他指了指磨坊伙计们和罗波施,"我们都心中有数!好啦,滚吧!"

麦尔腾默默爬上床。

这天晚上,除了吕施科,大家心情都很沉重。

"我们应该劝劝他,下次别再跑了。"汉佐提议道。

"那试试看吧!"斯塔施科说,"我可不觉得这有什么用!"

"别劝了,"克拉巴特说,"我担心他不会听劝。"

这天夜里,天气突变。第二天早晨他们走出屋子时,外面风虽停了,却天寒地冻的。窗户被冰碴糊住了,井边的牲口饮水槽也结起了厚厚的冰壳,四周的水洼都结了冰,连田鼠土丘

· 203 ·

都冻成了结实的冰坨子，地面冻得硬邦邦的。

"地里的幼苗该遭殃了，"培塔尔说，"没有积雪的覆盖，现在又遭遇冰冻，很多庄稼都该冻死了。"

第二天早晨，看到麦尔腾跟大伙儿一道吃早饭，而且拼命吃燕麦粥，克拉巴特很高兴，心想，麦尔腾是该好好犒劳一下昨天亏待的肚子了。饭后大家又都纷纷开始干活儿，谁也没有注意到，麦尔腾再一次从磨坊逃走了，而且还是在光天化日之下！一直到吃午饭的时候，大伙儿才发现麦尔腾又不见了。

麦尔腾连续两天两夜不见踪影，这可比从前逃跑过的那些人在外面待的时间都要长。大伙儿希望他这次真的是远走高飞了。然而，第三天早晨，他又从草地上踉踉跄跄向磨坊走来，冻得脸色铁青，整个人已经筋疲力尽，模样很是吓人。

克拉巴特和斯塔施科将他接进门，把他扶进屋子，培塔尔帮他脱下一只靴子，基托脱下另一只。汉佐让尤洛打来一盆冰凉的水，然后将麦尔腾的双脚浸入水中，使劲给他搓脚。

"咱们得赶快把他弄到床上去。"汉佐说，"但愿不会把那狗东西招来。"

就在大家围着麦尔腾忙乎的时候，门打开了，师傅走了进来。他在一旁看着伙计们忙前忙后，这次连挖苦的话都懒得说，一直等到大家准备将麦尔腾送上阁楼时，他才开口。

"在你们把他弄走之前，我有一句话……"他走到麦尔腾身边,"我看跑两次也就够了,麦尔腾,你无路可逃,永远都逃不出我的掌心!"

可是,就在这天上午,麦尔腾第三次逃跑了,他打定主意要选择这条不归路。

这事谁也没有料到。大伙儿将麦尔腾送回阁楼后,给他喝了点儿热水,把他抬到床上,给他盖好被子。汉佐留下来照看,他在邻床上坐了很久,直到确信麦尔腾已经熟睡,不再需要人照料,这才下楼到磨粉间干活儿。

连日来,克拉巴特和斯塔施科一直忙着给磨盘凿槽,他们已经凿完了四副磨盘,今天轮到第五副。他们刚刚拆开边框,准备动手开凿的时候,磨坊的门被撞开了,罗波施冲了进来,脸色惨白,双眼因惊恐睁得大大的。

罗波施不停地挥动着双臂,高声喊叫着,看起来他好像一直在喊着同样的话。汉佐连忙将碾磨停下来,直到磨坊里完全安静下来,他们才听得见罗波施的声音。

"他上吊了!"罗波施喊道,"麦尔腾上吊了!在谷仓里!快呀!快去!"

罗波施带着伙计们冲到出事地点。麦尔腾就吊在谷仓后面的横梁上,脖子上缠着一根拴牛的绳子。

"我们得赶紧割断绳子!"斯塔施科最先发现麦尔腾还剩一

• 205

口气,"快割断绳子!"

安德鲁施、汉佐、培塔尔和克拉巴特他们四个都随身带着折刀,他们立即弹出刀锋。可是他们谁都无法接近麦尔腾,他好像被一股魔力罩起来了。救他的人最多只能往前挪三步,然后便寸步难移了,脚底像被捕蝇胶粘住了似的。

克拉巴特用拇指和食指捏住刀尖,瞄准绳子,然后将刀子扔了过去,一举击中。

然而,虽然击中了,可刀子却无力地掉到地上。

这时只听身后传来一阵笑声。

原来师傅早就走进了谷仓,他扫视了一圈伙计们,那神情像是在看一堆狗屎,然后弯腰捡起地上的刀子。

他伸手一割,就听到一声发闷的落地声。

麦尔腾像一只塞满破布的口袋,无力地落到地上,倒在师傅的脚边,喉咙里发出一阵呼噜呼噜的喘气声。

"废物!"

师傅的口气里满是厌恶和嫌弃,他把刀子扔到地上,并冲麦尔腾啐了一口。

在场的所有伙计都感到自己仿佛被师傅啐了一口——他们觉得师傅的辱骂和唾弃是针对他们所有人的,谁都不例外。

"在这个磨坊里,谁去死,得由我来决定!"师傅大吼道,"老子一个人说了算!"

说完，师傅扬长而去。大家这才忙着去照料麦尔腾。汉佐摘下他脖子上的绳套，培塔尔和斯塔施科将他抬到睡觉的地方。

克拉巴特从地上捡起佟达留给他的刀子，在扫帚上擦了又擦，然后才放回口袋里。

秧苗上的雪

麦尔腾病倒了,而且病了很久,开始时高烧不退,颈部肿胀,呼吸困难。最初那几日粒米未进,后来才勉强间或喝口汤。

领班汉佐将伙计们分成几组,白天麦尔腾身边一刻不离人,即便在夜里,大家也会轮流看护,因为他们担心,烧得迷迷糊糊的麦尔腾会再做出点儿什么傻事。大家都觉得,意识清醒的时候,麦尔腾是不会再采取悬梁自尽或其他方式自杀的。再说,师傅也说得再明白不过:想逃离科泽尔布鲁赫磨坊,是不可能的。

"在这个磨坊里,谁去死,得由我来决定!"

师傅的这句话深深地刻在了克拉巴特的脑海里。自上个新年前夜以来,他一直在反复纠结一个问题:到底谁才是置佟达和米切尔于死地的罪魁祸首?那么师傅的这句话不正好就是这个问题最直接的答案吗?

严格说起来,这并不是出现在克拉巴特眼前的第一条线索——此前出现的线索虽不多，却也不少。

总有一天，当一切都水落石出的时候，他会找师傅算账的，这点克拉巴特十分肯定。但在那之前，他不能让别人有所察觉。他得装乖，扮演好一个无辜、听话的懵懂少年。同时，他现在必须为清算师傅的罪行做准备，必须加倍努力地学习魔法。

这年二月没有下雪，可寒意却丝毫没有减弱。伙计们每天早晨又得爬进水槽敲掉底部的冰块。他们总是诅咒这鬼天气，该冷的时候暖得像阳春三月，该转暖的时候又冻得像寒冬腊月。

一天中午，三名男子从林子那边朝磨坊走来，其中一位身材魁梧，体格健壮，是个正值壮年的汉子，另外两位则是白须飘飘、形容枯槁的老者。

罗波施最先发现他们，他总喜欢东张西望，什么都难逃他的眼睛。"来客人了！"他冲正准备吃饭的伙计们喊道。

这时，大家都看到了那个壮汉和两位老人。他们是从施瓦尔茨科尔姆村过来的，一身农夫装束，外面裹着牧羊人的袍子，厚实的冬帽压得低低的。

克拉巴特自到磨坊后，从未见过邻近的村民因迷路来过这里，这三个人却径直朝这边走来，请求进屋。

汉佐打开屋门，伙计们也好奇地涌进走廊。

"你们有什么事？"

"想找你们磨坊主谈谈。"

"我就是磨坊主。"

伙计们谁也没有注意到，师傅已经从房里出来了。他朝那三人走过去，问："什么事？"

那高个汉子连忙脱帽致意。

"我们打施瓦尔茨科尔姆村来，"他说，"我是那里的村长。这两位是我们村最年长的老人。请允许我们向您致以问候！我们想请您，科泽尔布鲁赫的磨坊主，听我们细说……事情是这样的……因为……不过我想，您也不会感到意外的，如果……"

师傅用居高临下的口气打断了他的话：

"直说吧！到底有什么事？别拐弯抹角的！"

"我们想请您，"村长说，"请您帮我们一个忙。"

"帮什么忙？"

"霜冻——地里没有积雪……"村长边说边转动着手中的帽子，"要是这几天再不来场雪，越冬作物的秧苗就全死了……"

"这关我什么事？"

"我们想求您，磨坊主，求您降一场雪。"

"降雪？你们怎么会想起我来的？"

"我们知道,这事您办得到……"村长说,"您能降雪。"

"我们也不会让您白干,"一位老者保证道,"会给您酬劳的:一百二十个鸡蛋、五只鹅、七只母鸡。"

"不过,"另一位老者接过话头,"您千万得让雪下下来,要不然今年的收成就完了,我们都得挨饿……"

"不光我们——还有孩子们,"村长补充道,"求您发发慈悲,黑水河畔的磨坊主人,请您降雪吧!"

师傅用拇指的指甲轻轻在下巴上划来划去,若有所思。

"这么些年也没见你们露过面,这会儿你们用得着我了,就突然冒出来了。"

"您是我们最后的指望了,"村长说,"要是您不给降场雪,我们就真的完了。您千万别这样,磨坊主,千万别拒绝我们的求助!我们给您跪下了,像跪求仁慈的上帝那样给您跪下了!"

说完,三个人齐刷刷跪在师傅面前,他们低垂着头,用拳头擂着胸口。

"请答应我们,答应我们吧!"

"没门儿!"师傅完全不为所动,"滚回去。你们的秧苗死不死关我什么事!我——还有他们,"他指着伙计们说,"我们反正不用挨饿。我们饿不着!就是不下雪也饿不着。你们这帮乡巴佬,赶紧带着你们的蛋呀鸡呀的滚蛋吧!你们爱死不死,那是你们的事!我根本不会伸一个手指头去管你们和你们的崽子！什么都别想指望我！"

"那你们呢？"村长转身问磨坊伙计们，"你们也会见死不救吗？伙计们，请看在上帝慈悲为怀的分上，帮帮我们，求你们救救我们和那些可怜的孩子。我们一定会知恩图报的！"

"这家伙疯了，"吕施科说，"我来放狗咬他——嗾，嗾……"

他将两个手指放在口中，吹起了刺耳的口哨声。一时间，吠声四起，混杂着各种各样的狗叫声，伙计们听了十分难受。

村长吓得跳了起来，帽子掉在地上都顾不上。

"快跑！"他高喊道，"它们会撕了我们的，咱们快跑！快跑啊！"

他和两位老人撩起袍子拔腿就朝磨坊外跑去，然后跟跟跄跄穿过草地，消失在林子里。

"干得漂亮！"师傅夸道，"干得漂亮，吕施科！"他敲了敲吕施科的肩膀，"那三个人总算滚了——我赌他们不敢再上门了。"

克拉巴特对此非常气愤，他为村长和两位老人感到难过。他们到底做错了什么，师傅非要拒绝出手相助？这对师傅来说，不过是翻翻书，念几句咒语的事——可是，克拉巴特自己也不知道在这种情况下念什么咒语，天才会降雪。

师傅还没有教过他们怎样施降雪法。

这实在太遗憾了,要不然克拉巴特肯定想也不用多想,就会向村民们施以援手。还有培塔尔、汉佐和其他人估计也都不会袖手旁观。

只有吕施科一个人还在为师傅断然拒绝老农的请求而兴高采烈。他刚才施了魔法,让那三个乡巴佬真以为有恶狗要扑过来,他对自己的杰作很是得意。

可惜这种幸灾乐祸却并未持续太久,当天夜里,吕施科就在睡梦中被自己痛苦的哀号声惊醒了。伙计们问他到底怎么了,他吓得牙齿咯咯直响,结结巴巴告诉大伙儿,自己梦见一群黑色的恶狗扑过来,要将他撕了。

"嘿,没真咬吧?"尤洛不无同情地看着他,"不过是梦到有恶狗咬你呀,多走运啊!"

这天夜里,吕施科又连续五次梦见恶狗扑他,他五次从噩梦中吓醒,大声号叫,搅得伙计们不得安宁。大家实在受够了,就将他轰出了阁楼。

"拿着你的铺盖卷到谷仓睡去吧,吕施科!在那儿你可以继续做你的恶狗梦,爱做几次做几次,爱号多惨号多惨,只是别让我们听见!"

第二天早晨醒来,伙计们简直无法相信自己的眼睛:外面成了一个雪白的世界。昨夜下了一场大雪,而且一直没停。漫天的鹅毛大雪，雪片又大又厚，一直下到上午。这下施瓦尔茨科尔姆的村民，还有科泽尔布鲁赫附近村庄的农夫们该高兴了。

是不是后来师傅又改了主意，最后还是帮了村民们一把呢？

"也许是'尖帽子'插手了呢！"尤洛说，"那帮老农也可能是碰上他了。我想，他是不会拒绝帮忙的。"

"'尖帽子'？"伙计们附和道，"'尖帽子'当然是不会拒绝的！"

可这肯定不是"尖帽子"的功劳，因为中午罗波施又看见那村长和两位老者滑着雪橇向磨坊驶来。他们给师傅带来了先前承诺的谢礼：七只母鸡、五只鹅、一百二十个鸡蛋。

"非常感谢您！科泽尔布鲁赫的磨坊主！"村长在师傅面前深深鞠了一躬，"谢谢！谢谢您对我们的孩子发了善心。您也知道，我们并不富裕。请收下这点儿东西吧，收下这点儿心意——老天爷还会奖赏您的！"

师傅听了村长这番话，一脸愠怒，伙计们发现，师傅在竭力保持平静。最后他终于开口道：

"谁帮了你们，我并不知道，反正不是我，这点毫无疑问。把你们的东西弄回雪橇去，赶紧滚开！"

说完，他不再理会这帮人，径直回到"黑室"。伙计们听见他从里面将门插上了。

村长和陪他前来的老人连同带来的礼物被晾在那里,他们不知所措。

"来吧!"尤洛招呼他们,并帮他们将东西装回雪橇,"回施瓦尔茨科尔姆去吧,到家后喝上两杯烧酒,然后把这一切都忘了!"

克拉巴特目送着这三个人乘着雪橇离开,直到他们消失在树林里,有一阵子还能听到林子里传来的马铃声、噼啪的马鞭声和村长赶马的声音:"驾!驾!"

我是克拉巴特

冰雪消融,早春来临。克拉巴特像着了魔似的玩命学习魔法,在这方面他已经领先其他伙计很多。师傅常常表扬他,对他的进步非常满意。他似乎并未觉察到,克拉巴特努力学习,学习,再学习,是为了终有一天跟他算总账,都是在为决战的时刻做准备。

复活节前的第三个礼拜天,麦尔腾第一次从病床上爬起来,坐到木棚后面晒太阳。他面色苍白,枯瘦如柴,瘦得跟纸片似的,而且还落下个歪脖子的后遗症。他每天仍然只说那些必不可少的词儿,如:"是"、"不是"、"拿来"或者"放下"。

耶稣受难节这天,罗波施被带进秘密学校。当师傅把他变成乌鸦时,他无比惊讶和兴奋,兴高采烈地在屋子里飞来飞去,还不时用翅膀的尖尖去触碰师傅桌上的骷髅头和《魔法大典》。师傅连赶了他三次,最后这小不点儿才落到横杆上。这只小乌鸦身长不过一拃,双翅展开,羽毛漆黑,眼睛炯炯有神。

"这是一门用意念与他人进行交流的艺术。掌握了这门艺术,就能使对方听见和理解你所说的话,并使之觉得这些话就出自他自己的内心……"

这天晚上师傅授课时伙计们都觉得有点儿跟不上,因为罗波施不停地分散大家的注意力。他一会儿转转眼睛,一会儿扭扭脖子,一会儿又扇扇翅膀,甚是滑稽好笑,大伙儿总忍不住看他一眼。要是师傅能朗读一段罗波施想听的《魔法大典》就好了!

可与此同时,克拉巴特却聚精会神地认真听取师傅朗读的每一句话,一个字都不漏掉。

他知道这堂新课对于自己和康朵尔卡是何等重要,他要一字一句地将咒语刻在脑海里。入睡前,他还在床上一遍又一遍默默诵念,直到他确信,自己已将咒语烂熟于心为止。

复活节礼拜六那天,天刚刚暗下来,师傅又将伙计们纷纷派出去取标记。按惯例又是两人一组,轮到最后只剩下克拉巴特和罗波施。师傅一番神秘祷告之后,将他们打发出去了。

傍晚时分,乌云密布,眼看要下雨了。克拉巴特从木棚里给每人取了两块毯子,他俩走得最迟,所以克拉巴特一个劲儿地催罗波施快点儿。克拉巴特觉得,此刻很可能已经有两个伙计在去往波伊梅尔斯托德的途中了,直到抵达那座木十字架时,他才发现之前的担心是没有根据的。

他们在林子旁边捡了一些牛粪和枯枝,生起了一小堆篝火。克拉巴特给小罗波施解释,他们为什么要待在这荒郊野外通宵达旦地守着这堆火,两人一起度过复活节之夜。

罗波施裹着毯子还冻得直打哆嗦,心想,只要不让他单独待在这里就行,要不然他会被活活吓死的,然后这里又得多立一个十字架了,哪怕是一个小十字架……

后来,他们聊起秘密学校,谈起在魔法课上学到的那些规则和咒语。接下来,他们又沉默了一阵子。最后,克拉巴特把话题转到了佟达和米切尔身上。

"我以前跟你提过,哪天会找机会跟你说说他们的事。"

当他向罗波施讲述两个朋友的往事时,才渐渐意识到自己已经替代了佟达的位置——至少对在篝火对面坐着的罗波施而言,自己不就像当年的佟达吗?

一开始,他并没打算给罗波施讲佟达和米切尔的结局,至少他没想讲那么多。可是,他讲得越多,就越觉得罗波施应当有权了解这些,并从一开始就不被这些东西所困扰。他将佟达和米切尔的种种遭遇娓娓道来,讲了那个葬在塞德温克的沃尔舒拉,讲了佟达曾说过的那句话:我们磨坊里的伙计绝不可能给任何姑娘带去幸福。就这样,克拉巴特几乎将一切可讲的都讲了个遍,唯独没有提到佟达送给他的那把刀锋刃变色的秘密,他担心这样会有损刀子的魔力。

"那你知道是谁害死了佟达和米切尔吗?"罗波施问。

"我心中有数,"克拉巴特说,"而且一旦我的怀疑得到了证实,就会找他算账!"

半夜天空飘起了小雨,罗波施将毯子遮住头顶挡雨。

"别这样!"克拉巴特连忙说,"不然你会听不见村子里传来的钟声和歌声的。"

不一会儿,他们就听见远处传来复活节的钟声,还有施瓦尔茨科尔姆村康朵尔卡的领唱,她的领唱和众姑娘的合唱交替出现。

"真好听!"罗波施听了一会儿说道,"为了听见这样美的歌声,淋成落汤鸡都值了。"

接下来的几个小时,他们再也没有说话。罗波施明白,克拉巴特不想说话,也不愿被打扰。照着克拉巴特的样子保持沉默对他来说也不是什么难事,今晚听到的关于佟达和米切尔的遭遇够他琢磨半夜了。

姑娘们还在歌唱,钟声依旧悠扬。

雨下了一阵子又停了,克拉巴特对此却毫无察觉。对于此刻的他来说,无论风还是雨,热还是冷,光明还是黑暗,一切都不复存在,天地间唯有康朵尔卡,她美妙的歌喉和在复活节烛光中闪闪发亮的眼睛。

克拉巴特打定主意,这次不再采取"灵魂出窍"的法子。师傅不是刚教过用意念跟他人交谈的魔法吗?这样"就能使对方听见和理解你所说的话,并使之觉得这些话就出自他自己的内心"。

天快亮的时候,克拉巴特诵念了新学的魔咒,并将心中所有的力量都凝聚起来,对准康朵尔卡,直到他认为自己的意念已经到达她身边,才开始对她说话。

"有一个人请求你,康朵尔卡,请你听他说话,"克拉巴特说,"你并不认识他,但他却与你神交已久。今天清晨你去取复活节圣水时,请在回家的路上走在最后。你必须独自拎着水罐走,因为有人要跟你会面。但他不愿在众目睽睽下与你相会,因为这是你们俩的事,与世上其他人无关。"

克拉巴特用同样的话语请求了三次。这时天渐渐亮了,歌声和钟声都沉寂了下来。此刻,他该用佟达送的刀子从木十字架上削下木片,把它放在篝火上烧焦,然后教罗波施怎样用烧焦的木片画五角星,再互相给对方画上这个标记。

回磨坊的路上克拉巴特玩命狂奔,好像要争取头一个回到磨坊似的。罗波施也甩开两条小短腿马不停蹄地追赶着。

在科泽尔布鲁赫沼泽边的小树林旁,克拉巴特突然停住了脚步。他在口袋里掏了半天,然后揪住头发焦急地说:

"哎呀，我把它落在木十字架那里了……"

"你落下什么了？"罗波施不解地问。

"刀子。"

"是佟达给你的那把？"

"没错，佟达给的。"

罗波施知道，这把刀子是佟达留给克拉巴特的唯一念想。

"那我们赶紧折回去，"罗波施说，"把它取回来！"

"别了，"克拉巴特阻止道，他不愿让罗波施看穿自己玩的把戏，"我一个人回去取就行了，这样还快些！你可以在小树林底下坐一会儿，等我回来。"

"你真这么想？"罗波施强忍着哈欠。

"没错，这就是我的意思。"

罗波施在树丛中湿漉漉的草地上坐下来。克拉巴特匆匆赶到姑娘们取复活节圣水的必经之路，闪身躲在灌木丛后面。

不久，姑娘们就拎着水罐排着队从他身旁经过。克拉巴特发现，队伍里不见康朵尔卡的身影，看来她听到了他的话，也理解了他从远处发出的请求。

当姑娘们都拎着水罐走开后，克拉巴特才看见康朵尔卡姗姗而来。她独自一人，用羊毛围巾将自己围得严严实实的。克拉巴特从树丛后走出来，径直来到她面前。

"我叫克拉巴特，是科泽尔布鲁赫磨坊的伙计，你别害怕。"

• 221

他说。

康朵尔卡端详着他的面孔，从容淡定，好像这本是她期待的见面。

"我认识你，"姑娘说，"我在梦里见过你，还有一个对你不怀好意的人。不过，我们——我和你，并没有理睬他。打那以后，我就在等着和你相见，这不，你果真出现了。"

"我来了，"克拉巴特说，"但我不能久留——他们都在磨坊等着我呢。"

"我也必须回家，"康朵尔卡说，"我们还会再见吧？"

说着，她将围巾的一角在复活节圣水里蘸了蘸，用它默默擦去克拉巴特额头上的那颗五角星，她轻轻地、慢慢地仔细擦拭着，动作非常自如。

克拉巴特觉得，好像康朵尔卡将他身上的污点和耻辱都擦掉了，他对此感激不尽：感激她的出现，感激她此刻站在自己面前，感激她温柔的凝视。

与 世 隔 绝

罗波施在森林边的灌木丛中睡着了,克拉巴特叫醒他时,他瞪大眼睛问道:

"你找到了吗?"

"找到什么?"

"刀子呀!"

"哦,哦,找到了。"

他掏出佟达的刀子给罗波施看,随手弹出刀锋一瞧:刀刃变黑了!

"你这刀子该好好磨磨了,"罗波施说,"还得彻底上一次油,最好用狗油。"

"是呀,"克拉巴特说,"早该给它上油了。"

说完,他们急匆匆往回赶,半路上碰见维特科和尤洛,他们是在莫尔德克罗伊茨过的夜,也回来迟了。

"我说,"尤洛开口道,"咱们下雨前能赶到磨坊吧?"说这话的时候，他看了一眼克拉巴特，觉得克拉巴特哪里有点儿不对头。

原来，他额头上的五角星不见了！

克拉巴特吓了一跳，要是他额头上没了五角星的标记，师傅肯定会起疑心的。

这样他和罗波施都得遭殃，康朵尔卡也要受牵连。

克拉巴特连忙翻口袋，希望能找到一块烧焦的木片——他知道，不可能有。

"快点儿！"尤洛催促道，"咱们快点儿跑！要不师傅该惩罚我们了！"

正当伙计们离开森林朝磨坊跑去时，天气突变，一阵大风将维特科和克拉巴特的帽子刮走了，紧接着是一阵瓢泼大雨，浇得罗波施直叫唤。回到磨坊时，他们四个都淋得像落汤鸡一样。

师傅早就等得不耐烦了，大家从牛轭下弯腰穿过，按例每人都挨上两记耳光。

"你们的标记呢？见鬼了！"

"标记？"尤洛说着指了指额头，"不是在这里吗？"

"额头上什么都没有！"师傅吼道。

"那肯定是被这该死的大雨给冲没了……"

师傅犹疑了片刻，似乎若有所思。"吕施科！"他吩咐道，

"从炉子里给我取一块烧焦的木片来,赶快去!"取回木炭后,师傅用粗线条在他们四人的眉心画了五角星,伙计们顿时觉得皮肤火烧火燎的。师傅大吼道:"赶紧干活儿去!"

这天上午他们干的活儿比以往更重,时间也更长。他们四人拼命干了好久,个个挥汗如雨,直到汗水将他们额头上的五角星标记冲刷干净。到了这会儿,就连罗波施这个小不点儿都能一口气将满满一口袋粮食举过头顶了。

"瞧瞧!"他大声叫喊,"这活儿变得多轻巧,你们看,我力气多大啊!"

这一天余下的时间里,伙计们在一起吃复活节小点心,喝葡萄酒,唱歌,跳舞,当然也少不了讲讲"尖帽子"的故事。安德鲁施已经喝得醉醺醺的,开始高谈阔论,说什么磨坊伙计个个都是好人,而磨坊主都该见鬼去,都该下十八层地狱!

"我们应该为此干杯!"安德鲁施大声嚷嚷道,"有人不同意我的看法吗?"

"没有!"大伙儿齐刷刷高举酒杯,只有斯塔施科扯着嗓子说他不同意。

"让他们去见鬼?"斯塔施科叫道,"我看应该是撒旦亲自来把他们都捉了去!再把他们的脖子一个个拧断,咔嚓,一个,咔嚓,又一个——我看这样还差不多!"

"说得对,老兄!"安德鲁施上前拥抱斯塔施科,"你说得太对了!让魔鬼来把磨坊主通通捉了去,第一个该捉去的就是咱们师傅!"

克拉巴特在角落里找了一个地方,但依然挨大伙儿很近,省得别人说他不合群。在喧闹的人群旁,在大伙儿忙着唱歌、谈笑和大发议论时,他独自坐在那里,默默地思念着他的康朵尔卡,回想今天清晨跟她相见的情景,细细品味他们站在一起交谈的种种细节。

克拉巴特能清晰地回忆起康朵尔卡说过的每一个字,每一个动作,每一个眼神。要不是罗波施坐到他的身旁,捅了他一下,他可以在角落里没完没了地想下去,且丝毫不会觉察到时间的流逝。

"我想问问你……"

"什么呀?"克拉巴特竭力克制着自己的不快。

罗波施忧心忡忡地说:"安德鲁施刚才说的那些话,还有斯塔施科……要是传到师傅耳朵里……"

"嗐!"克拉巴特说,"这也就是瞎咧咧而已,你没发现?"

"那师傅会怎么想?"罗波施反驳道,"要是吕施科去打小报告……你想想吧,他会怎么处置那两个人!"

"师傅不会处置他们的,肯定不会。"

"这话连你自己都不信吧!"罗波施大声说,"师傅能容得了这个？"

"今天可以例外，"克拉巴特说，"今天我们可以随便骂师傅，咒他不得好死——哪怕像刚才你听到的那样，说让撒旦将他捉去之类的话，他今天都不会恼火，而是恰恰相反。"

"他不生气？"罗波施不解地问。

"一年中如果有一次机会能让人好好出口恶气，那余下的时间里，他就能更好地承受强加给他的一切。"克拉巴特说，"你会发现，在科泽尔布鲁赫的这个磨坊里，要承受的东西太多了。"

克拉巴特变了，他不再是从前的那个克拉巴特。在接下来的这段时间他一直过着"与世隔绝"的日子。他虽然干着该干的活儿，也跟伙计们说话，且有问必答，但实际上他早已跟磨坊里的一切离得远远的。他的心在康朵尔卡那里，而姑娘的心也在他身上。周围的天地变得明亮起来，景色也一天比一天郁郁葱葱。

以前克拉巴特从未注意过，四周竟有这么多种绿色，草木的绿不下上百种：青草的绿、桦木的绿、柳树的绿、青苔的绿，青苔的绿里有时还夹杂着一丝淡青。还有蓄水池边的嫩绿、亮绿，每一丛灌木里的绿，每一丛浆果的绿，以及科泽尔布鲁赫的赤松常年保持的墨绿，这种绿有时深得几近黑色，但有时，尤其是在黄昏，落日又给它披上一层闪闪发光的金色。

在这几个礼拜中，克拉巴特曾在夜里几次梦到康朵尔卡，虽然做梦的次数并不频繁，但梦境却几乎相同：

他跟康朵尔卡一起穿过一片树林，或是走在一个长满古树的花园。天气像夏天一般炎热，康朵尔卡穿着一条亮色的裙子。他俩在树荫下散步，克拉巴特用手臂拢着她的肩膀，她把头靠过来，克拉巴特的脸颊能触到她的头发。康朵尔卡的头巾滑下来，有一截已经落在脖子上了。克拉巴特希望她停住脚步，把脸转过来，因为他想看看姑娘漂亮的脸蛋。可同时他又知道，假如她不转过脸来会更好，因为这样，任何有权闯入他梦境的人，都见不到她的真面目。

克拉巴特身上发生了某种根本的变化，这点已经瞒不过伙计们的眼睛了，吕施科又开始千方百计套他的话。圣灵降临节后的那个礼拜，领班汉佐安排克拉巴特和斯塔施科给磨盘打槽。他们将磨盘支在面粉间的门边，用铁凿从磨盘中央往四周加深凹槽，小心翼翼地一下接一下凿着，凿出锋利的棱角。其间斯塔施科走开了一会儿，去磨钝了的铁凿子，这得费点儿工夫。就在这时吕施科过来了，腋下夹着一叠空面粉口袋，直到他走到克拉巴特跟前搭腔，克拉巴特才发现他。这个吕施科惯于悄无声息地突然冒出来，即便根本没有必要，他走路也总是蹑手蹑脚的。

"我说，"他冲克拉巴特挤了挤眼睛，问道，"她到底叫什么？是金发、棕发，还是黑发？"

"你说谁呀？"克拉巴特反问道。

"我问的是她，"吕施科说，"就是你最近朝思暮想的那个。没准儿你以为大伙儿都瞎了？没看出你正被一姑娘弄得五迷三道的？在梦里或许可以……我有一个好办法能帮你见到她。有人这么干过，你知道吗……"

他朝四周张望了一下，然后弯下腰，趴在克拉巴特耳边轻声说道：

"你只要把她的名字告诉我，剩下的事我都能轻而易举地给你搞定……"

"别瞎扯了！"克拉巴特说，"我不知道你在胡说什么。别在这儿胡闹了，我要干活儿。"

当天夜里，克拉巴特又梦到了康朵尔卡，那梦境他已经太熟悉了：又是一个炎炎夏日，他们又在树荫下漫步，只是这次是朝林子中央的一片草地走去。他们走出树荫穿过空地，才走了几步，就有一道黑影从他们的头顶掠过。克拉巴特连忙用自己的外套遮住康朵尔卡的头顶。"快离开这儿，别让他看到你的脸！"他一把将姑娘拉回树荫底下。天上传来一阵苍鹰刺耳

· 229 ·

的尖叫声，那声音像尖刀一样直刺他的心脏……这时，他猛地从梦中惊醒过来。

第二天晚上，师傅把克拉巴特叫过去。当他站在师傅面前，看着师傅那只独眼投来的目光时，感觉极不舒服。

"我有话跟你说，"师傅像法官一样端坐在圈椅里，双臂交叉放在胸前，表情僵硬。"你是知道的，"师傅继续说道，"克拉巴特，我特别看好你。你一定会在魔法方面取得一番成就，这可不是你的同伴都能企及的高度。但是，最近一段时间我有些怀疑自己是不是看走眼了。你在我面前有了秘密，在刻意隐瞒什么。你看，更聪明的做法，是不是你应该自觉自愿地把实情一五一十告诉我，而不是让我强迫你坦白？把这件事的来龙去脉跟我说清楚，然后，我们再好好想想，怎样才能共同妥善处理好这件事，尽最大可能帮到你。我们还有时间。"

克拉巴特一刻都没犹豫，直截了当地回答说：

"我没什么可说的，师傅。"

"真的没有吗？"

"没有。"克拉巴特的语气非常肯定。

"那你走吧。——不过，要是你以后吃了苦头，可别抱怨。"

克拉巴特一出门就在走廊里碰到了尤洛，他好像专门在那里等着。尤洛一把将克拉巴特拉进厨房，然后把身后的门插上。

230

"我有一样东西,克拉巴特……"

尤洛说着把那东西塞到克拉巴特手里。这是一块小小的、被风干的植物根茎,系在一根绕了三个圈的绳套上。

"给你,把它戴在脖子上,不然你还会做那些要命的噩梦。"

意外的特权

在接下来的日子里,师傅对克拉巴特出奇地和善。他利用一切机会在伙计们面前表现出对克拉巴特十分青睐,连对克拉巴特做的分内事也不吝溢美之词。他似乎想以此表明,自己已经决定不再追究了。这样的情况一直持续到圣灵降临节后第二个周末的晚上,当时他们在过道里迎面碰上,而其他人都在吃晚饭。

"这会儿遇见你还真是时候,"师傅说,"你也知道,有时候,人的情绪不太好时,就会不由自主地说些显而易见的胡话。这么说吧,不久前我在房间里跟你说的那些话——你应该还记得吧?那都是些愚蠢的废话,纯属多余——你也这么觉得吧?"

师傅没等克拉巴特回答,接着说:

"要是你把我那天晚上说的所有话都当真,就太遗憾了!我知道你是个不错的小伙子,是我这么长时间以来遇见的最出色的学生,而且你的忠实可靠也远非他人能比。嗯,你应该知道我的意思吧。"

克拉巴特不知道师傅的用意，觉得很不自在。

"我直说了吧，"师傅继续道，"我不愿意你怀疑我的诚意。现在我就给你一些其他学生从未享有过的特权：下个礼拜天你不用干活儿，我放你一天假。你可以外出，想去哪儿去哪儿。马克多夫、施瓦尔茨科尔姆或者塞德温克，去哪儿都无所谓，只要在礼拜一早晨回到磨坊就行。"

"外出？"克拉巴特问道，"我为什么要去马克多夫还有别的什么地方呀？"

"你瞧，那些村子里有小酒馆和小旅舍呀，你可以在那里美美地爽上一天。还有姑娘呀，你可以跟她们跳舞……"

"不，"克拉巴特说，"我对这些没兴趣。再说，我为什么比其他伙计更受优待呢？"

"这是你应得的，"师傅解释道，"我看不出奖赏你有什么不应该的，在学习魔法时你的勤奋和毅力可远远超过其他人。"

接下来那个礼拜天的早晨，克拉巴特也跟平日一样，准备跟伙计们一起上工。

汉佐走过来将他拉到一旁。

"我搞不清是怎么一回事，"他说，"可师傅说今天放你一天的假。他让我提醒你，今天从早到晚他都不想在磨坊看见你——其他的想必你都知道吧。"

"是的,"克拉巴特低声道,"我已经知道了。"

其他伙计像往常的礼拜天一样开始干活儿,克拉巴特却穿上齐整的外套走出磨坊,在木棚后的草地上坐下来。他得仔细思量一番。

师傅给他下了个套,这是明摆着的,现在要当心的是,自己不能落进这个圈套。无论如何,有一点是肯定的,他可以爱去哪儿去哪儿,但唯独不能去施瓦尔茨科尔姆村。当然,他最好哪儿也不去,就坐在这木棚背后,晒晒太阳,犯犯懒,可这样一来就等于明白告诉师傅,自己看穿了他的意图。"那要不就去马克多夫吧!"他想,"在施瓦尔茨科尔姆绕个大弯儿。"

没准儿这样也错了?也许更聪明的做法是,不避开施瓦尔茨科尔姆,而是从村里穿过去,因为那是去马克多夫最近的道。

当然,他必须避免在村里碰上康朵尔卡,为此得先采取点儿预防措施。

于是,他默念了一段咒语,开始用意念传话:

"康朵尔卡,我是克拉巴特——今天我得求你一件事,我请求你,不管发生什么事,你今天都千万别迈出大门一步,也别朝窗外看,请答应我!"

克拉巴特确信,康朵尔卡会答应自己的请求。

他站起来正想走时,尤洛拎着一个空筐子绕着屋角走了过来。

"我说,克拉巴特,看样子你并不急着离开磨坊嘛,我能跟你在草地上坐会儿不?"

就像那次卖马的交易搞砸后一样,尤洛从兜里掏出一截木头,围着他们坐的地方画了一个圆圈,并在圆圈上画了一个五角星和三个十字架。

"现在你大概知道了,画这个圈不是为了驱赶苍蝇和蚊子吧。"尤洛冲克拉巴特挤了挤眼。

克拉巴特向尤洛承认,当时他的确有些疑惑。"你画这个是为了屏蔽师傅吧?让他既看不见我们坐在这里,也听不到我们说话。无论是从远处还是近处他都发现不了咱们,是这样吧?"

"不是,"尤洛说,"他看得见,也听得到,但是他不会看,也不会听,因为他已经把我们给忘了,这个圈起的就是这个作用。只要我们待在里面,师傅就什么都可能想得到,唯独想不起我们。"

"你不笨嘛,"克拉巴特说,"真不笨……"说到这儿,他脑子里突然闪出一个念头,令他为之一震。他惊愕地盯着尤洛问道:"那个为村民降雪的人就是你吧……还有,那个在梦中放恶狗咬吕施科的人也是你吧?大伙儿都把你当傻瓜,可你压根儿就不笨——你是装出来的!"

"那又怎么样?"尤洛反问道,"我不否认,我没有大伙儿认为的那么傻。可克拉巴特,我说句实话,你千万别生气,其实你做梦也想不到你有多蠢。"

"我?"

"是呀,因为直到现在,你还没搞清楚这该死的磨坊到底是怎么回事,不然你就会控制自己的学习热情——至少表面上有所收敛,没准儿你还真不知道自己这会儿有多危险吧?"

"不,"克拉巴特说,"我还是有所察觉的。"

"你啥也没察觉到!"尤洛反驳道。

他扯断了一根草茎,并用手指将它揉个粉碎。

"我告诉你吧,克拉巴特,我在这里装傻装了多少年!假如你继续这样下去,下一个就该轮到你了,相信我。米切尔和佟达,还有那些被草草掩埋在'荒滩'的人,所有这些人都犯了跟你一样的错误。他们在这所秘密学校学会了太多的东西,而且让师傅发现了。你知道的,每年新年前夜都会有一个人必须为他去死。"

"为师傅去死?"

"对,为他。"尤洛说,"他跟那个……教父大人有个约定,每年必须从学生中挑一个牺牲品,否则就该轮到他本人。"

"你怎么知道的?"

"眼睛看得到的,脑子就想得到呀。再说,我还读了《魔法大典》。"

"你?"

"我是个傻瓜,这点你知道,师傅跟大伙儿都知道。所以没谁把我当回事,正好安排我干家务,干点儿洗洗涮涮擦桌子拖地之类的活儿。当然,有时也会让我去打扫'黑室'。《魔法大典》拴在桌子上,除了师傅,任何人都不得靠近,擅自翻阅。因为书中有对师傅不利的东西,一旦被我们之中的任何人看到,就会对师傅有害。"

"你……你竟然能看懂《魔法大典》!"

"没错,"尤洛说,"知道这个秘密的人,你可是头一个,也是唯一的一个。我跟你说,有一个办法能让师傅罢手,而且这也是唯一的办法:你爱上一个姑娘,而这姑娘也爱你,你才可能得救。她必须去请求师傅放了你,并通过一次事先规定的考验。"

"考验?"

"关于这个,以后有时间再讲。"尤洛说,"目前你只需要记住,千万不能让师傅知道那姑娘是谁,否则你的下场就跟佟达一样。"

"你是指沃尔舒拉吗?"

"是的,"尤洛说,"师傅早早知道了这姑娘的名字,于是用噩梦百般折磨她,直到她不堪忍受,最后绝望地投水自尽。"

说完,尤洛又扯断了一根草茎,并用手指将它揉个粉碎。

"佟达第二天早晨发现了她,将她背回她父母家,把她放在门槛上……一夜间他的头发白了一半,而且元气大伤,他的下场你是知道的。"

听着尤洛的述说,克拉巴特眼前出现了这样的画面:某天早晨自己在水里发现了淹死的康朵尔卡,她的头上还粘着水草。

"那你说我该怎么办呢?"

"要我说吗?"尤洛又伸手扯了第三根草,"你现在去马克多夫,或者别的什么地方都行,要想方设法迷惑师傅,让他越搞不清楚越好。"

穿过施瓦尔茨科尔姆村时,克拉巴特目不斜视,康朵尔卡也没露面。不知道她是怎么跟别人解释,自己为什么要一整天待在家里不出门的。

克拉巴特在村里的场院停下来歇息了片刻,吃了块黑面包夹熏肉,喝了两杯谷酒,然后继续往前走。到了马克多夫,他进了一家小酒馆,要了一杯啤酒。

到了晚上,他跟马克多夫的姑娘们跳舞,跟她们说些颠三倒四的笑话,姑娘们都迷上了他,这可把村里的小伙子们惹火了。

"喂,滚开!"

小伙子们气哼哼地冲过来,想动手把他扔出去。这时,只见克拉巴特伸手打了个响指,那群小伙子就定住了,跟原地生了根似的,一动都不能动。

"你们这群笨蛋!"克拉巴特冲他们大声吼道,"竟敢动到我头上来!你们还是自个儿对着练吧!"

话音刚落,舞场上便爆发了一场激烈的骚乱,马克多夫从未出现过这种场面。

一时间,酒壶乱飞,桌椅断裂,小伙子们发了疯似的扭打成一团,不分青红皂白地互相一通乱打。站在一旁的酒馆老板束手无策,姑娘们尖声叫喊,乐手们跳窗而逃。

"打得好!"克拉巴特在一旁火上浇油,"使劲打!你们只管往死里打!千万别停手!"

艰辛的劳作

第二天早晨,师傅将克拉巴特叫过去,他想了解克拉巴特礼拜天是在哪儿过的,感觉如何。

"嗐,"克拉巴特耸耸肩说,"挺不错的呀。"然后一五一十地将自己在马克多夫的经历讲了一遍:怎么跟姑娘们跳舞,如何跟小伙子们打架。他还说,要是当时还有一个磨坊伙计结伴同行,肯定更带劲儿!斯塔施科也行,安德鲁施也行,随便哪个伙计一块儿去都可以。

"那吕施科也行吗?"

"他可不行。"克拉巴特冒着得罪师傅的危险说道。

"他为什么就不可以呢?"

"我受不了他。"克拉巴特说。

"你也讨厌他?"师傅笑着说,"那咱俩的看法倒是一致,你不觉得奇怪吗?"

"是呀,"克拉巴特说,"这点我倒没想到。"

师傅从上到下将克拉巴特打量了个遍。小伙子看上去相当友善，尽管脸上的笑意中露出嘲讽的意味。

"我就是喜欢你这点，克拉巴特，你这人比较诚实，而且什么事情都对我开诚布公。"

克拉巴特尽量避免与师傅对视，他不知道师傅的话是真是假，没准儿这话里暗含着某种威胁呢？后来师傅换了个话题，他才松了一口气。

"克拉巴特，我现在要说的是另一件事，咱们以前谈到过的。今后每个礼拜天，你可以外出，也可以留在磨坊，随便你。这是我给你的特权，作为出色的学生，你享有这项特权。咱们一言为定！"

克拉巴特急切地盼着跟尤洛悄悄见上一面。可自从上个礼拜天他们在木棚后面交谈过后，尤洛一直躲着他。既然无法公然相见，克拉巴特至少希望能用意念与尤洛沟通，可惜在秘密学校兄弟会成员之间这项魔法不灵。

终于有一天，他俩在厨房单独碰上了，尤洛却示意克拉巴特再忍几天。"你找我是为了前几天交给我的刀子吧？别急，磨好了，我会交给你的。你的事我没忘。"

"好吧，"克拉巴特说，他领会了尤洛话里的意思。

三天以后，师傅又要骑马出门了，据说要出去两三天。

这天夜里,克拉巴特被尤洛从睡梦中唤醒。

"跟我到厨房去,咱俩谈谈。"

"那他们……"克拉巴特指了指其他伙计。

"他们睡得死沉死沉的,雷声都吵不醒,我已经预先安排好了。"尤洛保证道。

在厨房里,尤洛围着桌椅画了一个圆圈,还在上面画了五角星和十字架,然后点了一根蜡烛放在他跟克拉巴特之间。

"我让你等了几天,"尤洛开口道,"是出于小心,知道吧?不能让任何人知道咱俩私下偷偷见面的事。上个礼拜天我告诉了你许多秘密,这些天你肯定也没少琢磨。"

"是呀,"克拉巴特说,"你想给我指条路,告诉我怎样才能摆脱师傅的魔爪。而且,假如我没理解错的话,这也是替佟达和米切尔报仇的路。"

"没错。"尤洛肯定道,"如果有一个姑娘真正爱你,她可以在一年中的最后一天晚上去找师傅,请他给你自由。要是姑娘能通过师傅提出的考验,那新年前夜该死的就是师傅本人了。"

"那考验很难通过吗?"克拉巴特问。

"姑娘必须证明她能认出你。"尤洛说,"她得从一群伙计中找出你,并对师傅说:就是他。"

"那然后呢?"

"就这些。《魔法大典》里就是这么写的。乍一看到或者听到这些，你会觉得这简直太容易了，完全不费吹灰之力。"

克拉巴特的确颇有同感，假如真的没其他限制，那这事也太简单了。他想，《魔法大典》中没准儿还有一条秘密的补充条款，或者这些看似简单的条文中也说不定还隐含着双重意义，得把原文逐字逐句琢磨透……

"原文一目了然，可师傅却擅长以其独特的方式来解释它。"尤洛说着拿起一把剪子，把冒烟的烛芯剪掉一截。

"多年前，我刚到科泽尔布鲁赫来不久，一个叫杨柯的伙计就曾这么干过。他心爱的姑娘在年末的最后一天晚上准时来到磨坊，请求师傅给杨柯自由。'好吧，'师傅说，'只要你能找出杨柯，他就自由了，你就能将他带走，咱们按《魔法大典》的规定办。'说完他将姑娘引进'黑室'，我们十二个人都已经变身为乌鸦蹲在横杆上，而且事先师傅已经强令我们都将嘴伸到左边的翅膀底下。我们就那么缩着脑袋在横杆上蹲成一排，姑娘进来一看，就傻眼了，她根本认不出谁是她的情郎。'怎么样？'师傅问她，'你看看，是最右边的那个，还是中间那个？要不是另外一个？你仔细想想，这可事关重大。'姑娘说她明白。她犹豫了好一阵子，指认了我们当中的一个，这完全是碰运气——而结果她指的人却是基托！"

"后来呢？"

"后来他们没有活到元旦，杨柯没有，姑娘也没有。"

• 243

"打那以后呢?"

"只有佟达在沃尔舒拉的帮助下冒了一次险——可后果你也是知道的。"

蜡烛又开始冒烟,尤洛再次剪掉了烛芯。

"有一点我搞不懂,"克拉巴特沉默良久后开口道,"为什么就再没其他人试试这条路呢?"

尤洛回答说:"大多数人并未认清师傅的真面目,只有极个别的人知道实情。但是,他们却年复一年盼着自己能侥幸逃脱,反正我们有十二个人,每年新年前一天只有一个人去送死。此外还有一条游戏规则你应该知道:按规定,如果有姑娘通过了这个考验,战胜了师傅,那师傅的死期也就到了。然而,师傅死去的同时,他教给我们的所有本事也将消失殆尽,大家会一下子变成普普通通的磨坊工,所学的魔法全部失灵。"

"如果师傅死于其他原因,结局就会不同吧?"

"会不一样。"尤洛说,"这也是极少数知情者容忍每年一个伙伴去死的另一个原因。"

"那你呢?"克拉巴特问,"你本人也没做过任何抗争吗?"

"我不敢。"尤洛说,"再说也没有那么一个姑娘会来请求师傅还我自由身。"

他双手把玩着烛台,用审视的眼光盯着它,并将它在桌面上缓缓地转来转去,似乎在仔细寻找某种极重要的东西。

"咱们该说的都说了,"尤洛最后说道,"你现在还用不着做最终的决定,克拉巴特。不过我们现在应该动手准备,这样才能在你心爱的姑娘接受考验的关键时刻,助她一臂之力。"

"这个我自己就能做到!"克拉巴特说,"我会用意念给她关键性的提示,这个可以办到,我们学过的!"

"这可不行!"尤洛随即反对道。

"不行?"

"因为师傅有力量加以阻止,这事对杨柯就干过——这次师傅也不会袖手旁观的,这点毫无疑问。"

"那该怎么办呢?"克拉巴特问。

尤洛说:"你必须在今年夏天和秋天努力磨炼自己,力争有能力对抗师傅的意志。当我们变成乌鸦蹲在横杆上时,师傅会命令我们:'把嘴伸到左边翅膀底下!'但这个时候,你必须是唯一一个将嘴伸到右边翅膀底下的人。听明白了吧?你只有在考验时,表现得跟其他人全都不一样,你才会被认出来,姑娘才能知道该指认哪只乌鸦,这事就算成了。"

"那我们能做点儿什么呢?"克拉巴特问。

"你应该磨炼你的意志。"

"就没别的办法了?"

"你会发现,单是这点已经足够你下功夫了。要不咱们开始吧?"

克拉巴特连忙答应。

"假设我是师傅,"尤洛说道,"每当我给你发出指令,你都要尝试反其道而行之。比如,我命令你将某件东西从右边挪到左边,那你就要从左往右挪。要你站着,你偏坐下。要你看着我的脸,你偏看别处。听明白了吗?"

"明白了。"克拉巴特说。

"那好,咱们开始吧!"

尤洛指了指放在他们中间的烛台,命令道:

"把烛台移到你面前去!"

克拉巴特将手伸向烛台,打定主意要将其移开,推到尤洛那边去。可他遇到了阻力,一股跟自己的意志相抵触的强大力量向他袭来,转眼间,他便浑身酥软无力了。接着是一场无声的较量,一边是尤洛的命令,一边是克拉巴特全力抵抗的意志。

此刻,克拉巴特还想着要把烛台推开。"推开它!"他默念道,"推开!推开!"

然而他却发现,在双方的较量中,尤洛的意志渐渐取代了他的意志,而他自己的意志则慢慢消退了。

"服从……你的命令。"最后,克拉巴特居然听见自己这样说道。

接着,他乖乖把烛台移到自己面前,这时,他觉得自己像被掏空了一样，如果有人说他死了，他也会相信的。

"别灰心啊！"

尤洛的声音从很远的地方飘来，接着，克拉巴特感觉到有一只手放到了自己肩上，随即他又听见尤洛在说话，不过这回尤洛的声音却近在耳边：

"别忘了，这才是第一次尝试呢，克拉巴特。"

打那以后，每逢师傅夜晚外出，他俩就在厨房一起练习。克拉巴特在尤洛的引导下，练习用自己的意志去对抗朋友的意志，这对双方来说都并非易事。克拉巴特常常面露难色，想要放弃。"我实在干不了。再说，假如我非死不可，那我也不愿连累一个姑娘，让她白白为我搭上一条性命。你明白吗？"

"是的，"尤洛总会说，"我明白，克拉巴特。可姑娘现在还毫不知情呀。目前你根本用不着琢磨该做出怎样的决定，重要的是我们要继续坚持下去。只要你不失去勇气，不轻言放弃，到年底的时候，你就会看到我们取得了多么大的进展。相信我！"

于是，在尤洛的劝说下，克拉巴特又重新开始了这种磨人的练习。就这样，周而复始，到夏天快要过去的时候，成效终于显现出来了。

苏丹的雄鹰

克拉巴特和尤洛的秘密难道没有引起师傅的怀疑吗？也许在吕施科的帮助下，师傅早就发现了他们的蛛丝马迹？九月初的一天晚上，师傅邀请所有伙计到他的房间喝酒。大家都围坐在大桌子旁，等酒杯都斟满后，师傅突然出人意料地举杯说道："为友谊干杯！"听闻此言，克拉巴特和尤洛隔着桌子相互交换了一下眼神。

"干杯！"师傅大声喊道，"大家全干了吧！"接着，他又吩咐罗波施替大伙儿将杯子满上，然后说道：

"记得去年夏天我曾跟你们说起过基尔科，我最好的朋友。可我并未讳言，有一天我杀了他。这事是怎么发生的呢？现在跟你们讲讲吧……当时正值与土耳其人交战的年代，基尔科和我因故不得不离开劳济茨一段时间，于是我们各奔东西。我应征加入了国王的军队，充当滑膛枪步兵，而我不知道的是，基尔科却在土耳其苏丹那里担任魔法师。陛下这边的统帅是冯·

萨克森元帅，他率领我们远征匈牙利，我们与土耳其军队对垒达数个礼拜。我跟基尔科这对好友分别待在两个敌对阵营的防御工事里。在这段时间里，除了双方的巡逻队小有摩擦，双方的火炮在前沿阵地偶尔散射外，战争的气氛并不很浓。突然，一天早晨传来一个令人震惊的消息：头天夜里，土耳其人突袭了我方营地，掳走了冯·萨克森元帅，而且很明显对方是借助魔法才得逞的。很快，敌方的一名使者策马来到我们战壕前，宣称冯·萨克森元帅已落入土耳其苏丹之手，假如我军在六天内撤出匈牙利，他们会放了元帅，如若不然，就会在第七天早晨将其绞死示众。听闻此讯，全军上下震惊不已。我当时并不知道基尔科在土耳其军中，因此主动请缨前去救回元帅。"

说到这里，师傅端起酒杯一饮而尽，然后示意罗波施过来斟酒，自己继续讲道：

"尽管我的上尉当时觉得我疯了，可仍将我的请求报告给了上校，然后上校又把我交给一位将军，最后将军将我带到了冯·洛伊希滕贝格公爵面前，公爵当时代元帅行使最高指挥权。一开始，公爵也不相信我，我当着他的面把在场的军官们变成了鹦鹉，把领我前去的将军变成了一只金鸡，这些已经足够令公爵信服了。他命我赶紧将他的军官们变回来，并承诺，假如我真的能成功将元帅救出来，我将得到一千块杜卡特金币。然后他命人将他的坐骑全部牵过来，让我从中挑选一匹。"

说到这里，师傅又一次停下来喝酒，而且等罗波施重新斟满酒杯后，才继续往下说。

"我本来可以就这么讲下去，可我突然想到一个更好的主意。这故事的剩余部分你们也可以亲身经历一下，来，克拉巴特，你来担任我的角色，一个精通魔法的滑膛枪步兵，准备去解救冯·萨克森元帅。现在，我们还需要一个人来充当基尔科……"

师傅一一打量着眼前的伙计们，先是汉佐，然后是安德鲁施和斯塔施科，最后他将目光落到了尤洛身上。

"你也许……假如你愿意，就来扮演基尔科吧！"

"好吧，"尤洛若无其事地说，"总得有人干吧。"

克拉巴特察觉到师傅脸上掠过一丝幸灾乐祸的笑。他和尤洛都心知肚明，师傅这么安排无非是为了考验他们，他们必须处处留神，一定不能让师傅看出任何破绽。

师傅随手将一撮干草药捏碎撒到烛火上。

很快，屋子里便弥漫着一阵沉郁的、令人昏昏欲睡的香气，伙计们个个都觉得眼皮发沉。

"现在闭上眼睛！"师傅命令道，"一会儿你们就能看到当时在匈牙利发生的一切，克拉巴特和尤洛会再现我和基尔科的经历。在与土耳其人交战的时候……"

克拉巴特感到铅一般沉重的疲惫感向他袭来，渐渐沉沉睡去。师傅的声音显得那么遥远而又单调：

"尤洛作为苏丹的魔法师在土耳其军中服役，已经向土耳其国旗宣誓效忠……而滑膛枪步兵克拉巴特，此刻打着白色的绑腿，身着蓝色的军服，站在洛伊希滕贝格公爵的右边，正打量着牵到他面前的马匹……"

这时，滑膛枪步兵克拉巴特，打着白色的绑腿，身着蓝色的军服，站在洛伊希滕贝格公爵的右边，正打量着牵到他面前的马匹……他最中意的是那匹额头上有块白色标记的黑马。远远看上去，那块小小的白色很像一个五角星。

"把那匹给我吧！"他要求道。

公爵当即同意，并命人给黑马配上鞍子，戴上笼头。克拉巴特往枪里装满火药，把枪背到肩上，然后翻身上马。他先骑马在阅兵场小跑了一圈，然后忽然狠踢马刺，向公爵及其随从狂奔过来，好像要把他们个个踏倒在地。军官们慌忙四散，可是克拉巴特却在一片惊呼中，策马从那些大人扑着白粉的假发上一跃而过，腾空而起。黑马和骑手在众目睽睽之下渐渐远去，最后消失在大家的视线中，就连拥有皇家军队最好望远镜的炮兵司令官加拉斯伯爵也看不到他们的踪影。

克拉巴特虽在令人眩晕的高空策马奔腾，却感到如履平地。不久，他就在一个被炮火摧毁的村庄边发现了土耳其人，因为他们彩色的裹头巾在阳光下分外耀眼。他看到了已经运到射击阵地的火炮,还看见在警戒哨之间来回穿梭的巡逻队。克拉巴特和黑骏马却无人能看见,土耳其人的战马吓得直喷响鼻,狗也开始狂吠,纷纷夹紧尾巴。

土耳其的军营上空,先知穆罕默德的绿色战旗迎风飘扬。克拉巴特驾驭黑马小心翼翼地缓缓落到地面,他发现离苏丹豪华大帐不远处,有一座略小的帐篷,由约二十名全副武装的近卫步兵严密看守着。

克拉巴特拉着马缰绳走进帐篷。果然,那位被称为"战争大英雄"和"土耳其人收割机"的德累斯顿公爵冯·萨克森正垂头丧气地坐在折叠椅上。克拉巴特显出身影,轻轻咳了一声,朝元帅走去——突然,他猛地一惊!

只见元帅的左眼上竟戴着一个黑色的皮眼罩!

"怎么回事?"他用乌鸦般嘶哑的声音对克拉巴特说,"你是土耳其兵?怎么进到我帐篷里来的?"

"报告长官,"克拉巴特说,"我是奉命前来解救阁下的,马已经备好!"

说话间,黑马也显出身形。

"若阁下不反对……"克拉巴特说。

他一边说着,一边翻身上马,并示意元帅骑到他身后。然后,他们冲出了帐篷。

守在帐外的近卫兵被眼前的景象惊呆了，连手指都没来得及动一下。克拉巴特口中大喊着："让开！"身后带着被解救出来的元帅，沿着军营通道马不停蹄地向前冲去。见此情景，就连苏丹的努比亚卫兵也个个目瞪口呆，惊得连手中的长矛和军刀都掉到地上了。

"驾！"克拉巴特一边策马狂奔，一边高喊，"抓牢了，阁下！"

土耳其军中无人敢阻拦，他们一直冲出军营大门，来到外面的旷野上。克拉巴特驾马腾空而起，直到此刻，土耳其人才回过神来，对着克拉巴特他们一通乱射，枪炮声响成一片。

克拉巴特心情愉快，信心满满，对土耳其人的枪炮毫不畏惧。

"这帮家伙想打中我们，除非用金弹，"他对身后的元帅说，"铁弹和铅弹伤不到我们半根汗毛，弓箭就更别提了。"

渐渐地，枪声弱了，射击也停了下来。这时，他们听到从土耳其军营传来一阵隆隆的呼啸声，这声音离他们越来越近。在高空疾驰的克拉巴特无法转身，只能请元帅回头张望一下。

元帅说："后面有一只巨大的黑鹰追过来了，它背对着太阳，嘴对准我们，正从高空俯冲下来。"

克拉巴特连忙念了一段魔咒。刹那间，在黑鹰与他们之间便升起了一团巨大的云雾，这黑压压的浓雾像一座高山将黑鹰

· 253 ·

拦住。

不料黑鹰却穿云而过。

"它来了!"元帅尖叫道,"它俯冲过来了!"

克拉巴特早已意识到追赶他们的是一只怎样的鹰。所以当黑鹰向他们喊话时,他丝毫不感到意外。

"掉头回去!"黑鹰大叫,"不然你们死定了!"

这是克拉巴特熟悉的声音,可自己究竟在哪儿听到过呢?克拉巴特无暇细想!他又施法召来一阵风暴。按说,这股风暴肯定能像吹走鸡毛一样,轻而易举地将黑鹰从天上刮下去,可完全不是那么回事!苏丹的雄鹰能战胜一切风暴。

"回去!"黑鹰叫道,"现在认输还不算晚!"

"这声音……"克拉巴特竭力回想,现在终于听出来了!这是尤洛的声音。尤洛是他的好朋友,多年前他们曾在科泽尔布鲁赫磨坊一起共过事。

"那鹰很快就赶上我们了!"元帅大喊道。突然,克拉巴特也听出了身后这个声音!这个嘶哑的声音正在他耳旁叫着:"你的火枪呢?滑膛枪步兵!怎么不干脆一枪崩了这个大怪物?"

"因为我没有金弹,要打下它得用这个。"

克拉巴特心中暗自高兴,因为他说的也是实情。不料,冯·萨克森元帅——或者说他身后坐着的这个人——这时一把从军服上扯下一颗金纽扣。

"把它装进枪膛,射出去!"

这时,尤洛——那个化身雄鹰的尤洛,再扇动几下翅膀就追上他们了。克拉巴特做梦也不会去射杀他的朋友。于是,他假装把那颗金纽扣装进枪膛,而实际上悄悄让纽扣从手中滑落下去。

"你倒是快射呀!"元帅催促道,"赶紧开枪!"

克拉巴特头也没回,反手一枪,枪火越过左肩射向追赶他们的黑鹰。他知道枪里只有火药,没有金纽扣。

随着这声枪响,突然传来一阵凄厉的、垂死的呼喊声:"克拉巴特!克拉——巴——特!"

克拉巴特大吃一惊,手中的枪滑落下去。他使劲抽打着自己的脸,忍不住失声痛哭。

"克拉巴特!"那撕心裂肺的叫喊声还在耳旁回响,"克拉——巴——特!"

克拉巴特呜咽着跳了起来,咦,自己怎么突然坐到桌边了?还跟安德鲁施、培塔尔和麦尔腾以及各位伙计在一起?他们都目不转睛地盯着面色苍白、惊恐万状的克拉巴特,可只要发现克拉巴特朝自己看过来,他们又纷纷立刻垂下眼帘!

师傅像死人一样坐在自己的圈椅里,紧靠椅背,一言不发,

· 255 ·

似乎在聆听远方的声音。

尤洛也一动不动,脸朝下趴在桌子上,双臂张开。片刻前,这双手臂还是在风云中呼啸的鹰翅。尤洛旁边有一只翻倒的酒杯,桌面上有一片暗红的印记,那是酒渍还是血迹呢?

罗波施扑倒在尤洛身上放声痛哭:"他死了,他死了!"罗波施一边哭,一边喊:"克拉巴特,是你杀了他!"

克拉巴特觉得自己的脖子像是被掐住了,他拼命扯去身上的衬衫。

就在这时,他看见尤洛的一只胳膊动了一下,接着另一只也动了,渐渐地,似乎生命又缓缓地回到了尤洛的身体里。尤洛用双手撑起身体,抬起头来,只见他的前额上有一个圆圆的红色印记,正在鼻根上面两指宽的地方。

"尤洛!"小罗波施一把搂住他,"你还活着!尤洛,你还活着!"

"你想到哪儿去了?"尤洛说,"我们只不过是玩了一场游戏。不过,刚才克拉巴特那一枪打得我的脑袋现在还嗡嗡直响,下次只能让别人扮基尔科了。我可不玩了,该去睡了。"

伙计们都笑了,悬着的心终于放了下来,这时,安德鲁施说出了大家的心里话:

"去睡吧,哥们儿,只管去睡!关键是你已经经受住了考验!"

克拉巴特呆坐在桌旁，像石化了似的，他无法理解，刚才那枪声，那撕心裂肺的哭喊声，怎么能跟眼前这欢笑声连到一起呢？

"别笑了！"师傅大吼道，"住嘴！我受不了啦！通通给我坐下，不许出声！"他从椅子上跳了起来，一只手撑在桌上，另一只手使劲握着酒杯，像是要把它捏碎似的。"你们刚才看到的只不过是一场噩梦，有的人还能从噩梦中醒来——可那些……可我跟基尔科在匈牙利的决斗却不是做梦，我真的一枪把他打死了！我杀死了最好的朋友，非杀不可——就像克拉巴特刚才所做的那样，换了你们，也都会这样做，谁都不会例外！"

说着，他在桌子上狠狠擂了一拳，震得桌上的酒杯乱晃。他一把抓过酒壶，一通狂饮，然后抡起酒壶向墙上砸去，还咆哮道：

"滚！滚出去！通通滚出去！我想一个人待着，一个人，一个人，一个人！"

克拉巴特也想一个人待着，他悄悄溜出磨坊，今夜的天空没有月亮，星星却分外清朗。他穿过湿漉漉的草地来到池塘边，低头看去，漆黑的水面上映照着繁星点点。他忍不住想下去洗个澡，便脱掉衣裤，下到池塘中，挥臂划了几下水，就离开了岸边。

池塘里的水很凉,克拉巴特的头脑很快也冷静下来了。此刻,他正需要冷静下来好好思考一下今晚发生的一切。他不停地潜下去,浮上来,反复十几次,冻得直打冷战,这才呼哧呼哧喘着粗气游回岸边。

这时,尤洛正拿着毯子站在那里。

"会冻着的,克拉巴特!快上来,到底是怎么回事?"

尤洛把克拉巴特拉上岸,给他裹上毯子,帮他擦干身上的水。

克拉巴特却推开尤洛。

"我真不明白,尤洛,我搞不懂,我怎么会向你开枪了呢?"

"你并没向我开枪,克拉巴特,你没有用金纽扣射我。"

"你知道?"

"我看见了呀,我认出你了。"说着,尤洛在克拉巴特胸口擂了一拳,"那种要死要活的号叫只是装装样子。"

"那额头上的印记呢?"克拉巴特急切地问。

"那个呀!"尤洛笑道,"你可别忘了,我也懂点儿魔法的,就算是傻瓜尤洛,知道这么多也就够了。"

秀 发 指 环

入夏后,克拉巴特数次利用特权在礼拜天外出一整天,他这么做,与其说是为了消遣,不如说是为了不引起师傅的怀疑。可即便如此,他还是担心师傅会始终盯着他,伺机给他下套。

自从发生向尤洛开枪的事情后,整整三个礼拜过去了。这期间,师傅没跟他有过任何交流,可今晚却突然跟他说话了,那口气漫不经心,像是在提一件不足挂齿的小事。

"你下个礼拜天会去施瓦尔茨科尔姆村吧?"

"为什么去那儿?"

"那天是他们的教堂落成纪念日呀,我想你会去那里凑凑热闹的。"

"到时候再说吧,"克拉巴特说,"你知道的,要是没有咱们自己人,光是跟陌生人混在一起,我没什么兴趣的。"

事后,他跑去找尤洛讨主意。

"去呀!"尤洛说,"干吗不去?"

"这可太难办了！"克拉巴特说。

"你本来就面临着各种各样的危险呀，"尤洛说，"再说这也是一个跟你心爱的姑娘倾诉衷肠的好机会啊。"

克拉巴特心里一惊。

"你知道她是施瓦尔茨科尔姆村的？"

"自打上个复活节之夜咱俩守篝火起我就知道了，这没什么难猜的。"

"那你认识她？"

"不认识，"尤洛说，"我压根儿也不想认识她。假如我不知道她是谁，别人就休想从我嘴里套出什么话来。"

"可我们要是会面，怎样才能瞒住师傅呢？"克拉巴特问。

"你知道怎么画魔圈吧，"尤洛从兜里掏出一块木片塞到克拉巴特手里，"拿着它去跟你的姑娘见面，跟她好好聊聊。"

礼拜六晚上克拉巴特早早上了床，他想自己一个人待着，再静静斟酌一下是否该跟康朵尔卡见面，自己能将所有秘密都告诉她吗？会不会太冒险？

最近在跟尤洛进行意志力较量的练习中，他常常能成功地抵抗尤洛发出的各种指令，有时尤洛还会由于紧张先冒汗。但克拉巴特觉得这没有什么了不起的，自己万不能错误地低估师傅的法力。然而，从总体看来，形势对他们比较有利。

"尖帽子"不就战胜过师傅吗？为什么自己就不能呢？再说，他还有尤洛和康朵尔卡的帮助和配合呢——克拉巴特越想信心越足。

但是克拉巴特一直犹豫不决的因素恰恰是康朵尔卡。自己到底该不该将她牵扯到这件事中来呢？谁给了他权力这么做？他的命值得姑娘冒着生命危险去救吗？

克拉巴特内心非常矛盾。一方面他赞成尤洛的说法，这次的确是跟康朵尔卡碰面的好机会，一旦错过，不知何时再有良机；可另一方面，他不确定明天是否该将一切向姑娘和盘托出，他自己都说服不了自己。

突然一个念头在他脑海里闪过："假如我把情况大致跟她说一下，但先不将考验的具体日期和时间告诉她呢？"

想到这儿，克拉巴特忽然觉得轻松多了。

"这样一来，她无须匆忙做出决定，而我还能争取时间，静观其变，必要的话可以等到最后一刻。"

礼拜天早餐后，克拉巴特告诉伙伴们，今天施瓦尔茨科尔姆村将举行教堂落成纪念日庆典，师傅特许他前去看热闹，大伙儿听了很是羡慕。

"教堂落成纪念日！"罗波施兴奋地说道，"光听见这个我的眼前就出现了用特大号铁盘装着的黄油发面糕点，还有堆得像小山似的带馅小甜点。你至少带点儿回来给我们尝尝吧！"

克拉巴特正要答应，吕施科连忙插嘴说："瞧罗波施这点儿想象力！难道在施瓦尔茨科尔姆就没有什么比黄油点心更能吸引克拉巴特的？"

"哪儿有！"罗波施反驳道，"在教堂落成纪念日还有什么能比得过美味糕点的！"他斩钉截铁的回答引得大家哄堂大笑。

克拉巴特让尤洛给他拿来一块面包布，平常大家去林子里干活儿或去挖泥炭时，总用它来装干粮。克拉巴特将面包布叠好，放在头上的帽子里，然后说：

"等着吧，罗波施，看看到时有什么剩下的……"

克拉巴特溜达出了磨坊，穿过科泽尔布鲁赫沼泽，然后拐上林子另一边那条绕过施瓦尔茨科尔姆村的田间小路。他在复活节早晨遇见康朵尔卡的地方画了一个魔圈，然后在圈子里坐下。此刻，艳阳高照，晒得他身上暖洋洋的，十分惬意。在这样的季节，如此天公作美的日子，庆祝教堂落成再合适不过了。

克拉巴特朝村子望去，园子里的果子已经摘完了，剩下十几个苹果，在枯萎的树叶中显得金灿灿、红彤彤的。

他轻声念了一段魔咒，然后集中全部意念对心爱的姑娘说：

"这边的草地上坐着一个人，他急切地想跟你谈谈。请抽时间过来一见，保证不会耽搁太久。但请千万别让任何人知道你要去哪里，跟何人见面。盼你速速前来。"

他知道自己还得再等一会儿，便就地躺下，双手交叉枕在脑后。他得再细细考虑一下怎么跟康朵尔卡谈。他两眼望着头顶，高高的天空瓦蓝瓦蓝，这是金秋时节才有的好天气，望着望着，他的眼皮开始越来越沉。

等他醒来的时候，姑娘已经坐在他身边了。他不明白，康朵尔卡为什么一下子就出现在这里。姑娘在一旁耐心地等待着，身穿多褶的礼拜日裙子，肩披印有花朵的彩色丝巾，头戴白色亚麻布做的女士小帽。

"康朵尔卡，你来很久了吗？"他问，"干吗不叫醒我？"

"我还有时间，"她说，"我想，你自己醒总比被叫醒好吧。"

克拉巴特用右肘撑起自己。

"咱俩很久没见了吧？"他说。

"是呀，很久了。"康朵尔卡轻轻扯着头巾说，"只有偶尔在梦里能见到你，梦到咱俩在树荫下散步，你还记得吗？"

克拉巴特微微一笑。

"记得，是在树荫下。夏日里天气炎热，你穿着一件亮色的长裙……这些我还记得，仿佛就在昨天。"

"我也记得清清楚楚。"

康朵尔卡点点头，转过脸来。

"这就是你急着叫我来要谈的事吗？"

"哎呀，我差点儿把正事给忘了。我要跟你说的是，假如你愿意，可以救我一命……"

"救命？"姑娘问。

"是呀。"克拉巴特答道。

"怎么救呀？"

"我长话短说吧。"

接着克拉巴特告诉姑娘，他目前陷在怎样的危险中，她怎样才可以帮他逃离险境，救出他的关键在于她能从一群乌鸦中认出他，等等。

"有你暗中相助，这应该不难吧？"康朵尔卡说。

克拉巴特说："假如你知道，一旦你没有通过考验，就会搭上自己的性命，你就会知道这事难还是不难了。"

不料，康朵尔卡却毫不退缩。

"你的命就是我的命。我该什么时候去找你们磨坊主，要求他放了你？"

"这个我今天还没法告诉你，一旦时机成熟，我会给你消息的。要是情况紧急，我会托一位朋友给你捎信。"克拉巴特说。

然后，他请康朵尔卡描述一下她居住的地方，姑娘仔细讲了自家的位置和房屋外观，然后问克拉巴特有没有带刀子。

"带了，给你。"克拉巴特说着将佟达留给他的那把刀递给姑娘。最近一段时期，刀刃总是发黑。可此刻，当刀子落入姑娘之手时，却立刻变得明晃晃的。

康朵尔卡摘下小帽，割下一缕秀发，然后将它编成一个细细的指环，交给克拉巴特。

"这是咱俩的信物，"姑娘说，"只要你的朋友带它来见我，我就能确信他告诉我的一切都是你的意思。"

"谢谢你。"

克拉巴特将秀发指环放到胸前的口袋里。

"现在你得回施瓦尔茨科尔姆去了，我随后就来。但在庆典集会上，咱们可不能相认，千万别忘了！"

"你说'不能相认'是指不能一起跳舞吗？"康朵尔卡问。

"那倒不是，"克拉巴特说，"只是不能跳得太频繁，这个你明白吧。"

"是的，我明白。"

说罢，康朵尔卡站起身来，抚平裙子上的褶子，然后朝施瓦尔茨科尔姆走去，此刻村子里教堂庆典的音乐已经奏响。

场院里桌子和长凳围起了一个正方形的舞场。克拉巴特过来时，年轻人围着舞场跳得正欢，上年纪的人则舒舒服服坐在桌旁看热闹。男人们叼着烟斗，喝着啤酒，棕色和蓝色的礼拜日服装让他们显得有些瘦弱；女人们个个身着节日的盛装，打扮得像正在孵蛋的杂色母鸡。她们吃着点心，喝着蜂蜜牛奶，对舞场上的男男女女评头论足，议论谁跟谁是天生一对，谁跟谁不太搭，谁跟谁压根儿就不般配。有人还问是否听说那谁跟谁很快要结婚了，反倒是铁匠家的小儿子跟弗兰托家的小女儿并不像看上去的那么亲密。

紧挨墙边的地方搭了一个台子，台子的底座是四个空酒桶，村长命人搬来几扇仓库大门平搭在酒桶上。乐手们在台上演奏小提琴和单簧管，为舞会伴奏，低音提琴手也不忘发出"锵！锵！"的节奏。有时，乐手们也会放下手中的乐器，停下来喝几口啤酒，这本该是他们的正当权利，可台下的人马上就嚷嚷起来：

"嘿，台上的！你们到底是来演奏的还是来灌酒的？"

克拉巴特混在年轻人的队伍中，他跟所有姑娘都跳舞，不加挑选，赶上谁就是谁，一会儿跟这个跳，一会儿跟那个跳。

他也时不时跟康朵尔卡跳上一段，这时候他看上去并没什么异样，只不过轮到康朵尔卡跟别的小伙子跳舞时，他心里很不是滋味。

康朵尔卡也知道不能暴露自己跟克拉巴特的关系。共舞时他们会聊几句，跟其他舞伴攀谈时也会这样，净说些疯话蠢话。但只有凝望克拉巴特时，她的眼神才是真诚的，而这点也只有克拉巴特能够心领神会。正因为他觉察到了，所以总是尽可能避开康朵尔卡投来的目光。

克拉巴特和康朵尔卡掩饰得非常好,那些在一旁围观的饶舌农妇都没看出什么破绽来,就连那位左眼看不见的老妪(直到这时克拉巴特才发现她)也不例外。

尽管如此,克拉巴特还是打定主意,不再邀请康朵尔卡跳舞。

不久,天色渐渐暗了下来,农夫村妇们陆陆续续回家了,小伙子和姑娘们跟乐手们一起移到谷仓,继续跳舞。

克拉巴特没有进去,他觉得现在回磨坊比较明智,康朵尔卡也会理解自己为什么会将她独自留下。

临走时,他脱帽向大家告别。这时,他感觉到头上有一样暖乎乎、软绵绵的东西。

"对了,罗波施!"他终于想起来了。

克拉巴特把面包布对角打上结,然后将桌子上散落的各式点心包起来,装了满满一包袱。

师傅的提议

随着冬天的临近，克拉巴特觉得时间过得越来越慢，从十一月中旬开始，他甚至觉得好像时光都凝固了。

有时，趁周围没人的当口，他会仔细确认一下康朵尔卡的秀发指环是否还在。手伸进上衣口袋触到指环的那一刹那，他会立即充满信心。"一切都会顺利的，"他不断给自己鼓气，"都会顺顺当当的。"

最近，师傅很少在外过夜，难道他已经预感到危险临近？他是不是已经觉察到必须防范背后正在迫近的某些事？

克拉巴特和尤洛抓紧难得的几个夜晚，不知疲倦地练习着。他战胜尤洛的次数越来越多了。

有天晚上，当他们再一次面对面坐在餐桌旁边时，克拉巴特从口袋里掏出了那个秀发指环，想都没想就将它套到左边的小指上。当尤洛给他下达指令时，他立刻做出了相反的反应。整个过程很快，而且毫不费力，对此他俩都很诧异。

"喂！"尤洛说道，"看上去好像你的力气忽然增加了一倍呢，你是怎么做到的？"

"我不知道呀，"克拉巴特回答说，"也许只是偶然？"

"我们好好想想！"尤洛仔细打量着克拉巴特，"肯定有某种东西给了你这种突如其来的力量。"

"那会是什么呢？"克拉巴特琢磨道，"就这么一只微不足道的指环……"

"什么指环？"尤洛连忙问。

"一只用头发编成的指环。就是上次教堂落成纪念日那天姑娘给我的。我刚才将它套到手指上了——可这指环跟我的力气能有什么关系呢？"

"别这么说，我们来试一下，一切就都清楚了。"

接着他们开始测试指环，很快结果就出来了，而且毋庸置疑。当克拉巴特戴上指环时，就能轻而易举地战胜尤洛，脱下指环后他就恢复如常。"事情很清楚，"尤洛说，"有了这枚指环的帮助，你肯定能战胜师傅。"

"可这到底是怎么回事呢？"克拉巴特问，"难道你认为这姑娘会魔法？"

"她具有另一种魔力。"尤洛说，"世上有一种魔法，只有通过努力学习才能掌握，这是《魔法大典》上记载的魔法，符号连着符号，魔咒套着魔咒。然而，这世上还有另一种魔力，它产生于心灵深处,源于对自己心上人的深深关切。我知道这很难理解,但是你应该深信不疑,克拉巴特。"

第二天早晨,汉佐将伙计们叫醒。大家去井边洗漱时,才发现头天夜里下了一场雪。放眼望去,周围的世界一片雪白,这景象让他们感到极为不安。

克拉巴特早已见怪不怪了,整个磨坊只有罗波施一个人仍然懵懂无知。他来这里后虽然只长高了一点儿,但是从相貌体征上看,一个十四岁的孩子却跟十七岁的小伙子相差无几。

一天早晨,罗波施调皮地冲安德鲁施扔了一个雪球,安德鲁施上来就掐住他的脖子,多亏克拉巴特及时将他们拉开。又有一天早晨,罗波施找克拉巴特打听,伙计们到底一个个都怎么了。

"害怕呗。"克拉巴特耸耸肩说道。

"害怕?"罗波施问,"怕什么?"

"庆幸吧!"克拉巴特绕开话题,"你现在还用不着知道这些。"

"那你呢?"罗波施追着问,"克拉巴特,难道你不害怕吗?"

"我比你知道的更怕,"克拉巴特说,"而且我担心的还不仅仅是自己。"

圣诞节前的那个礼拜，教父大人又到科泽尔布鲁赫来了，伙计们连忙冲出去帮他卸粮袋。在这个新月夜，他没有像往常那样坐在马车夫的高座上，而是从车上下来跟着师傅一瘸一拐进屋去了。透过窗户上的玻璃，伙计们看到，教父大人帽子上火红的公鸡羽毛在闪烁，就像屋子里着了火似的。

汉佐让人拿来火把，大伙儿一声不吭地将车上的口袋扛进磨粉间，然后启动"死磨"，接着又将碾好的粉装进空袋子里，再将这些袋子装回车上。

天蒙蒙亮的时候，教父大人独自回到车边，登上车夫的高座。马车驶离之前，他转身看着大伙儿。

"谁是克拉巴特？"

他的声音里交织着火炭的噼啪声和冰块的开裂声。

"我是。"克拉巴特走向前说道，他觉得像有什么东西堵住了喉咙。

教父大人上下打量了他一番，说了句"好呀"，就扬鞭驾车而去。

师傅待在"黑室"里三天三夜没露面。第四天晚上，即圣诞前夜，他让人把克拉巴特叫过去。"我有话跟你说，"师傅开口道，"我想，你并不意外吧。好吧，现在你可以自由选择是支持还是反对我。"

克拉巴特竭力装出一副很茫然的样子。

"我不知道您在说什么。"

师傅根本不相信他的话。"你可别忘了，我可比你想象的更能看透你。这些年来，有些人曾经试图反抗过我，就举两个例子吧：佟达和米切尔。那两个白痴，狂妄至极！可是，克拉巴特，我相信你比他们都聪明。你愿意当我的接班人吗？来接管这座磨坊吧，你有这方面的才能！"

"你要走吗？"

"我在这儿待够了，"师傅说着松了松衣领，"我渴望自由自在的生活。两三年后，你就可以接我的班，掌管这所秘密魔法学校。只要你答应，我留下的一切都将属于你，包括那部《魔法大典》。"

"那你呢？"克拉巴特问。

"我会入宫谋个国务大臣或军队统帅之类的职位，也没准儿会去波兰王室当个首相——到时候看我的兴趣吧。我不但富有，而且颇具影响力，所以那些达官显贵会对我毕恭毕敬，小姐太太们也会围着我转。每扇大门都会向我敞开，人人都来向我请教，托我说情。谁胆敢不顺从我，我就灭了谁。因为我精通魔法，知道怎样用魔法加持我的权力，相信我吧，克拉巴特！"

师傅越说越激动,整个人仿佛都快燃烧起来了,眼睛闪着红光,血液都涌到了脸上。他稍稍让自己平静了一会儿,然后继续说道:"而你,克拉巴特,同样可以如此。你先在科泽尔布鲁赫磨坊当上十二或十五年的师傅,然后在伙计中找出一个接班人,再把所有鸡毛蒜皮的琐事一股脑儿交给他,然后你就能自由自在地享受荣华富贵了。"

克拉巴特竭力让自己保持清醒的头脑,强迫自己去想佟达和米切尔。他不是曾发誓要替他们报仇吗?不只是他们,还有那些掩埋在"荒滩"的人,不能忘了沃尔舒拉,还有麦尔腾——他虽然还活着,却再也直不起脖子,过的叫什么日子啊!

"佟达死了,"克拉巴特反驳师傅道,"米切尔也死了。那究竟谁能保证下一个不是我?"

"这个包在我身上,"说着,师傅向他伸出左手,"我可以保证这点。同时,这也是教父大人明确给我的特别授权。"

克拉巴特没有跟师傅握手。

"可如果我不去死,总会轮到另一个人去死吧?"克拉巴特问道。

师傅动了动手,像是要从桌上拂去什么似的,接着说:"是呀,总会轮到某个人去死。现在咱俩可以一起商量,下一个到底该轮到谁。这次咱们选一个谁都不待见的人吧,比如吕施科。"

"我的确不喜欢他,"克拉巴特说,"可他毕竟也是我的师兄。要我对他的死负全部或是部分责任,在我看来并没有什么区别。我决不会允许你把我搅到这种事里去,科泽尔布鲁赫的磨坊主!"

克拉巴特跳起身来,满脸憎恶地冲着师傅大声喊叫道:"你爱让谁接班就让谁接班!我才不会搅和到这破事里去呢!我要走!"

师傅却一直心平气和。"你想走也得要我允许呀!现在你坐回到椅子上去,听我把话说完。"

克拉巴特好不容易才压下跟师傅一较高下的念头,最终还是顺从地坐了下来。

"我的提议太突然,让你一时不知所措,这个我可以理解。"师傅说,"我会给你时间,让你冷静地仔细思量思量。"

"给我时间干吗?"克拉巴特问,"我反正会拒绝的。"

"那太可惜了,"师傅盯着克拉巴特摇了摇头,"要是拒绝我的建议,那你肯定活不成了。你知道的,木棚里早就备好了一具棺材。"

"走着瞧吧,看看棺材到底是给谁准备的。"

师傅脸上一丝表情都没有,只是接着说:"那你现在都明白了,即便你能如愿,后果会是什么。"

"我知道,"克拉巴特说,"到时我会失去所有的法力。"

"那结果呢？"师傅让他再想一想，"你已经做好准备，坦然接受一切后果吗？"

师傅思考了片刻，然后靠到椅背上说："那好吧，我给你八天的期限。在这段时间里，我将让你尝尝失去法力的滋味。这些年你在我这里学到的所有本事，从此将忘得一干二净！一个礼拜之内，也就是新年前两天的晚上，我会最后再问你一次，是否答应做我的接班人，到时我们再看看，你是否还坚持你现在的选择。"

最终的较量

  这个礼拜克拉巴特过得异常艰辛，他觉得自己仿佛又回到了初来磨坊的那段日子。每一个装满粮食的口袋，原来有多少斤，扛到肩上就有多重。从仓库扛到磨粉间，然后又从磨粉间扛回仓库。自从法力消失后，克拉巴特别想省点儿力气，身上不流汗、手上不长茧的日子再也没有了。

  每到晚上，他都会筋疲力尽地瘫倒在草褥子上，久久无法入睡。如果使用魔法，却只需合上双眼，默念一条咒语，就能酣然入睡，而且想睡多沉多久都行。

  "要是我能设法让自己睡个好觉就好了。"克拉巴特暗忖道，"这是我最舍不得的法力了。"

  每当他辗转反侧良久，好不容易入睡后，马上又噩梦连连，而噩梦的纠缠绝非偶然，他想都不用想就知道到底是谁在梦里都不放过他。

烈日下，衣衫褴褛的克拉巴特十分艰难地拉着满满一车石头穿过田野。他口渴得厉害，嗓子都快冒烟了。可放眼望去，别说水井，连一处可以歇凉的树荫都找不到。

还要拉着这该死的破车！

为了混口饭吃，他必须将这车石头送到卡门茨的牛贩子那里。没办法，人总得想办法活命。他在戈尔比斯村意外惨遭不幸，右臂自肘部以下都被磨轮轧断。从此，只要有人给他活儿干，哪怕是给牛贩子拉石头这种苦活儿，他都欣然接下。

他拉着满满一车石头吃力地往前走时，分明听见师傅用嘶哑的声音说："克拉巴特，这当牛作马的残废日子挺好过吧？我问你要不要当我的接班人时，你原本就该听话服从，那样你会过得比现在轻松舒服得多。要是今天让你再做选择，你还会拒绝吗？"

夜复一夜，克拉巴特都会梦见自己惨遭此类折磨。他要么垂垂老矣，贫病交加，被无辜投入大牢……要么被人拉去当兵，身负重伤，奄奄一息地躺在庄稼地里，眼睁睁地看着鲜血从伤口汩汩往外流，把身边折断的麦秆都染红了……而每次梦到最后，他总会听到师傅用同样的声音问他：

"克拉巴特，要是我现在再问你，愿不愿意在科泽尔布鲁赫磨坊接我的班，你还会拒绝吗？"

师傅只在梦里显身过一次,那是他规定的八天期限结束之前的最后一天夜里。

为了照顾尤洛,克拉巴特将自己变成了一匹马。一身波兰贵族打扮的师傅在维缇辛瑙牲口市场花一百个古尔登金币,连笼头带缰绳买下了一匹黑马,于是,这匹克拉巴特化身的黑马落到了师傅手里。

师傅挥鞭策马在荒原上纵横驰骋,不管下面是树桩还是石块,是树丛还是水坑,是荆棘还是泥潭,他对这匹可怜的马毫无怜惜之心。

"记住喽,我是你师傅!"

这磨坊主不顾一切地用鞭子猛抽胯下的黑马,把马刺扎入肉里,鲜血从克拉巴特身体两侧流下来,他能清晰地感受到,温热的鲜血从大腿内侧流过。

"让你瞧瞧我的厉害!"

师傅骑着马一会儿往左飞跑,一会儿往右疾驰,接着又风驰电掣般奔向下一个村庄。

师傅猛地勒住缰绳,在一家铁匠铺前停了下来。

"嘿,打铁的——见鬼!死到哪儿去了?"

铁匠一路小跑过来,一边在皮围裙上擦手,一边忙问大人有什么吩咐。师傅从马鞍上跳了下来。"给我这匹马钉上马掌,"他说,"用烧红的马蹄铁。"

那铁匠以为自己听错了,忙问:

"大人,您是说用……用烧红的马蹄铁?"

"怎么,非得都说两遍吗?还要我来催你?"

"巴尔托!"铁匠忙喊他的徒弟,"快过来接过缰绳,替这位好心的大人牵好马!"

这学徒是个脸上长满雀斑的男孩儿,样子很像罗波施。

"给他钉上最重的马蹄铁,"师傅吩咐道,"把你铺子里的存货都拿来让我瞧瞧,好好挑一下。"

铁匠将师傅领进作坊,那学徒则拉紧缰绳,用索布语对马说:"别动,小马,你安静一点儿——咦,你在发抖呀!"

克拉巴特用头在那男孩儿的肩上蹭来蹭去。"要是能把笼头挣脱就好了,"他想,"那我还能设法救自己……"

学徒发现了马身上的伤口,左耳已经被皮带勒出了血。

"等会儿,"男孩儿说,"我给你松松带扣,马上就好了。"

他解开带扣,将笼头取下来。

不料,男孩儿刚将笼头去掉,克拉巴特就变成了一只乌鸦,他大叫着腾空而起,朝施瓦尔茨科尔姆村飞去。

村子里,阳光普照。朝下看去,只见康朵尔卡站在离水井不远处,手里端着一个草编的盆子,正在给鸡喂食——就在此时,一道黑影掠过克拉巴特的头顶,接着传来一阵苍鹰刺耳的叫声。"是师傅来了!"克拉巴特脑海中飞快闪过这个念头。

克拉巴特收拢翅膀,箭一般地冲进水井,化身成一条鱼。他能得救吗?他意识到,自己只能束手就擒,因为水井没有任何出路,但是他明白得太晚了。

"康朵尔卡!"他集中自己的全部意念默念道,"救我出去!"

康朵尔卡将手伸进水井,克拉巴特立刻变成了戴在她手指上的一枚细细的金指环,他又回到了人间。

就在此时,一位波兰贵族打扮的独眼人突然从天而降,出现在水井旁。他身披嵌着银线的红色骑士斗篷,斗篷镶着黑边。

"姑娘,能不能告诉我,你这枚精巧的戒指是打哪儿来的?让我看看……"

他一边说,一边将手伸了过来,眼看就要抓住了。

就在这千钧一发之际,克拉巴特变成了一粒大麦,从康朵尔卡的指间滑落下来,掉进了她手中的草编食盆里。康朵尔卡随手将他连同一大把麦粒撒到了鸡群中。

眨眼间,红色骑士斗篷不见了。一只从未见过的黑色独眼公鸡扑过来,猛啄地上的麦粒——可克拉巴特比他的速度更快。为了占据优势,克拉巴特变成了一只狐狸,飞快地扑向那只黑色的公鸡,一口咬穿了公鸡的脖子。

可是,他牙齿间突然发出铡断干草的嚓嚓声,仿佛正在嚼切碎的干草。

克拉巴特从噩梦中吓醒时正拼命咬着草褥子,浑身浸透了汗水。他呼呼大喘,好一阵子才回过神来。

他想自己在梦里战胜了师傅,这应该是个好兆头。从现在开始,他对自己要做的事非常笃定。他深信,师傅已经来日无多,而他克拉巴特,将是最后推翻师傅的那个人,师傅的权力必定由他终结。

当天晚上,他来到师傅的房间。"事情就这么定了!"他高声说,"你愿意让谁接班就让谁接班吧,我克拉巴特不打算接受你的提议。"

师傅根本不理会他的话,只是说:"上木棚去拿上锄头和铲子,到科泽尔布鲁赫的'荒滩'去挖一个墓穴——这是你最后该干的活儿了。"

克拉巴特什么都没说,转身离开了师傅的房间。走到木棚时,一个身影从暗处闪出来。

"我在这儿等着你呢,克拉巴特。我是不是应该去跟那姑娘说一声啊?"

克拉巴特从上衣口袋里掏出那枚秀发指环,对尤洛说:"告诉她,是我让你给她传信的。按照我们原先商定的,明天是岁末，让她明晚来见师傅，请求师傅给我自由。"

接着，他又细细给尤洛描述了一下姑娘家的方位，然后说道：

"你将这秀发指环给她看，她就会知道你是受我之托。千万记得提醒她，来不来科泽尔布鲁赫走这一遭险路，全凭她自己选择。若来，很好；若不来，也很好。要是这样，不管发生什么，我都无所谓了。"

克拉巴特将指环交给尤洛，并和他拥抱告别。

"答应我，别出什么岔子！要是康朵尔卡有一丝不情愿，你可千万不能劝她来！"

"我答应你！"尤洛说。

然后，只见一只嘴里衔着指环的乌鸦腾空而起，朝着施瓦尔茨科尔姆的方向飞过去了。克拉巴特走进木棚，那角落里摆放的是棺材吗？他将锄头和铁锹扛在肩上，步履沉重地穿过科泽尔布鲁赫的雪地，一直走到"荒滩"。

在白茫茫的"荒滩"上，他发现了一处凸显的黑色正方形地块。

这块做了标记的场地是给他预备的墓地，还是师傅本人的葬身之地？

"明天这个时候就见分晓了。"克拉巴特一边想着，一边抡起铁锹铲土。

第二天早餐后,尤洛将克拉巴特叫到一旁,将指环还给他。尤洛说,他已经跟康朵尔卡讲好了,一切按约定的办。

傍晚天快黑的时候,康朵尔卡来到了磨坊。她身穿晚礼服,额头上系着白色的饰带。汉佐出面接待了她,并询问来意。姑娘说要见磨坊主。

"我就是这里的磨坊主。"

师傅将伙计们推到一旁,迎面走来。他身上披着黑色披风,头戴三角帽,面色惨白,像抹了一层石灰。

"你想干什么?"

康朵尔卡面无惧色地看着他,要求道:

"请把我的情郎交给我。"

"你的情郎?"师傅大笑道,那声音听上去像凶恶的公山羊不怀好意的叫声,"我不认识他。"

"他是克拉巴特,"康朵尔卡说,"他是我喜欢的人。"

"克拉巴特?"师傅想吓唬住她,"你认识他吗?能从这帮伙计中找出他吗?"

"我认识他。"康朵尔卡说。

"谁都可以这么说!"

师傅转身命令大家:

"通通到'黑室'去!你们排成一排,一个挨一个,谁都不许动！"

克拉巴特以为他们肯定都会变成乌鸦，他站在安德鲁施跟斯塔施科之间。

"都给我待着别动！谁也不许闹什么小动静！你！克拉巴特！只要出一点儿声，她就死定了！"

师傅从斗篷口袋里掏出一块黑布，蒙住康朵尔卡的眼睛，然后将她领到伙计们面前。

"只要你能指认出你的心上人，就能把他带走。"

克拉巴特惊呆了，他完全没有料到师傅会来这么一出。现在他该怎么帮姑娘呢？就连秀发指环也指望不上了！

康朵尔卡从站成一排的伙计面前依次走过，走过一遍，又走过第二遍。克拉巴特紧张得快站不住了，他感到自己的生命正在消失，而且康朵尔卡的生命也危在旦夕。

一种有生以来从未体验过的巨大恐惧向他袭来。"都怪我把她引上了这条不归路，"他的心中充满自责和悔恨，"都怪我……"

然而，决定命运的时刻终于来到了。

当康朵尔卡第三次从小伙子们面前走过时，她伸手指着克拉巴特说：

"就是他。"

"你确定吗？"

"确定。"

就此，一切尘埃落定。

姑娘扯下眼前的黑布，走到克拉巴特面前。

"你自由了。"

师傅跌跌撞撞后退几步，靠到墙上。伙计们都站在原地一动不动，呆呆地看着这一切。

"拿上你的铺盖卷，去施瓦尔茨科尔姆村吧！"尤洛说，"你们可以去广场边的草料棚里过夜。"

接着，伙计们都默默走出房间。

大家都知道，师傅活不到元旦，午夜时分他必死无疑，这个磨坊也将付之一炬。

歪脖子麦尔腾紧紧握着克拉巴特的手说："现在米切尔和佟达的仇终于报了，其他人的在天之灵也会安息的。"

克拉巴特一句话都说不出来，像石化了一般。康朵尔卡上前搂住他的肩，用自己的羊毛围巾将他团团围住。姑娘的围巾温暖、柔软，就像一件大大的披风。

"咱们走吧，克拉巴特。"

姑娘领着他走出磨坊，穿过科泽尔布鲁赫沼泽，向施瓦尔茨科尔姆村走去。

透过树林的缝隙，可以看到村子里闪烁的点点灯火。克拉巴特问："你是怎么在一群人中认出我的？"

"因为我感觉到了你的恐惧,知道你在为我担惊受怕,我就是从这点认出你的。"康朵尔卡说。

他们进村后,天开始下雪,轻柔的小雪花像从一个巨大筛子里筛出的面粉,飘落到他们身上。